伊裴之约

穆春英◎著

燕山大学出版社

2018 · 秦皇岛

图书在版编目（CIP）数据

伊娃之约 / 穆春英著. — 秦皇岛：燕山大学出版社, 2018.6
ISBN 978-7-81142-638-0

Ⅰ.①伊… Ⅱ.①穆… Ⅲ.①诗集—中国—当代②散文集—中国—当代 Ⅳ.①I217.2

中国版本图书馆 CIP 数据核字（2018）第 112888 号

伊娃之约
穆春英 著

出 版 人：陈 玉
责任编辑：杨春茹
封面设计：朱玉慧
出版发行：燕山大学出版社 YANSHAN UNIVERSITY PRESS
地　　址：河北省秦皇岛市河北大街西段 438 号
邮政编码：066004
电　　话：0335-8387555
印　　刷：秦皇岛墨缘彩印有限公司
经　　销：全国新华书店

开　　本：700mm×1000mm　1/16　印　　张：17.5　字　　数：195 千字
版　　次：2018 年 6 月第 1 版　印　　次：2018 年 6 月第 1 次印刷
书　　号：ISBN 978-7-81142-638-0
定　　价：49.00 元

黑夜虽长，请别用来遗忘

（代序一）

不用带我去远方
去寻找什么天堂
此刻这样就很好
阳光洒在你脸上
不用带我去飞翔
一路小跑刚刚好
冬天的风有点凉
轻轻吹过我心房……

——谢春花《黑夜虽长，请别用来遗忘》

读伊娃的文章，是这两年的事情。最初在朋友圈里看见有人转发，后来朋友开了一个公众号，大量引用她的文字，印象才更加深刻。在我的印象中，伊娃应该文如其人，是个生活优雅、小资、注重仪式感甚至有点多愁善感的文艺女青年。

然而，后来的一次见面，让我大吃一惊。她竟然是穆姐——我当年的一位同事。时隔多年不见，她爽朗、活跃、心直口快的性格依旧，见面聊不上三句，立刻就让人想起从前的情景。

我认识她时，年方二十二，没经过什么人生的际遇。穆姐比我大一点，和我同在一间办公室，平时接触不多，我在楼上，她在楼下，经常是我在楼上写材料，她在楼下打字，听说她也写文章，有才华，但是我看见的不多。

后来我开始在报纸上发表文章时，她似乎忙于育儿、家事，就缓下了手中的笔。我一路狂写，从文学爱好者，到骨干作者，到副刊编辑，间或听到她的鼓励与关注，也曾在很多单位组织的文艺活动中与之合作，但她笔下的文章，却似乎变成了一个记忆里的符号，渐渐只成了一个传闻。

再后来，我调出这个单位，从青年步入中年，遇见过太多复杂的人与事，与穆姐也就很少见面，直至再无消息。

没想到，在很多年以后，我们会因为文章再次相识，她不再是穆春英——一个我认为稍稍有些土气的名字，而是变成了伊娃——一个很时尚甚至让人产生遐想的名字，这就是文字的力量与魅力，它就像一把失踪已久的钥匙，当你突然寻到它时，会意想不到的打开那把尘封多年的锁。

我很高兴，伊娃捡到了文学这把失踪的钥匙，用这把钥匙，她重新开启了文学的门，也捡回了我这个失踪多年的朋友。

她的文章多数发表在公众号“伊娃之约”上，在这些文章里，我能透过优美的文字，读到一种夜色的味道。因为工作的缘故，伊娃有时会加班到深夜甚至到第二天天明，我常想，一个女子在面对如漆墨般的夜时，会想到什么？她可能会想到过去、现状、未来，也会想到爱、别离、成长、温暖和回忆。这些情绪，在伊娃的文字中，我都能够找到，也能够感同身受。只因为，我也是一个经常在黑夜里出没的动物。

文学或称为文字的魅力也就在于此。它是你与现实世界隔绝的屏风，也是与自我紧紧拥抱的爱人，在文字里，我们有时会活成另一个自己，那一定是一个与你现实生活中不一样的、让你感动甚至完美的自己。这就是我们多数人痴迷于文字的原因吧。

伊娃在文字里，感性而知性，是一个唯美的女人，穆姐在生活里，果断而自立，是一个坚强的女人。我见过她白日里的风风火火、泼辣勇敢，所以更感慨她于夜晚在文字里的细腻柔情、精致单纯。她曾经解释过自己的笔名，伊娃者，与美女无关，与孩子有关，伊娃，就是“一娃”啊！她是一个负责任的女人，也是一个文字里的精灵，而二者的转换，如同白天与黑夜，秋冬与春夏，雪落无痕，大象无形，也许我们每个人都是如此，但很多人做不到同时的精彩，共同的成长。我认为，伊娃做到了，穆姐也做到了。

如今，她把几年来写的文章结集成册，要我写序。我很汗颜，无论从年龄还是资历，其实我都比她晚，我自认为从来不是什么名家大师，更不认为自己有什么资格去评判别人的文字高低，但我欣然同意做这件事情的原因，是因为我和伊娃一样，都有着共同的成长经历，也许我们也都一样，曾在漫长黑夜来临时，独对自己的心灵，拿起了心中的笔，写下心中的梦。

每一个创作者的黑夜也许都比白天多，所以我要用谢春花的那首歌《黑夜虽长，请别用来遗忘》来献给伊娃，我祝她的文学之门常常开启，能够引领她走向更光明的彼岸，也希望在她内心深处与世俗生活隔绝的那些文学梦想，永远不会被遗忘。

刘 剑

刘剑，秦皇岛人，知名作家，职业媒体人，历史与国学讲师，代表作《大港口》《谁主沉浮》《天下风云出我辈之旌旗裂》《天使不在线》等。

写给伊娃

（代序二）

或许，生活中乃至生命中，总会有一些不完美。但是，在伊娃老师的眼中，一切竟然都是那么的完美。她以孜孜不倦的创作热情、源源不断的创作灵感、取之不竭的创作思维，成就了一个新时代的文学梦想。

正如她的诗中所描写的那样："这一年，屋檐下的燕子来了又走，一年一年，站在快乐的枝头。"似乎在她的世界里，所有的事物都是美好的。晴天里，她看到："阳光落在每一片叶子上，一树树的翠绿，是童话里的松香，回音袅袅，是无边的快乐。"而在阴雨天里，她又可以感受到这样的情景："雨丝妖娆，轻轻地歌唱，在深情地倾诉雨中的邂逅，让思念的滚热在空气中荡漾。"

似乎生活之于她的理解，就是"尘世的喧嚣只是过眼云烟，我愿用一生的时间守候，只为一片风轻云淡"。所谓的风轻云淡，或许是一种角度上的错落别致，又或许是一种境界上的与众不同，抑或是一种层次上的出类拔萃。虽然在现实生活中所接触到的伊娃老师是如此的真实、坦率、纯粹且单纯。

她希望"内心都是绿色的叶子，都是单纯的快乐"，她清楚此时的自己"周身散发阳光的味道，那是成熟的饱满的味道，所以热烈，所以内涵，所以坚强"。

或许正因为伊娃老师那风轻云淡而乐观向上的情怀，她才能以其缜密而细腻的心思，让笔下的每一篇散文和每一段诗歌所描写的日子或故事，都过成了每天都不一样的诗一般的有意义的愉悦生活。

近年来，伊娃老师已经进入到一个成熟的爆发式的高产化创作模式之中。每一个季节的变化，每一个情绪的波动，每一个心丝的萌动，都会碰触到她敏锐而悸动的创作灵感，那是灵性、热情和激情的完美结合。

这本文集所收录的散文和诗歌作品，完全可以展示出伊娃老师近年来丰硕的创作成果。这些成果的取得，不得不说是其多年来一直坚持不懈、一直笔耕不辍的真实反映。

在小学的时候，她的作文已经在当初被同龄人仰视的报刊《中国少年报》《少年文艺》上发表。后来步入工作岗位后，她的作品也经常在《中国海员》等国家级报纸杂志上发表并获奖。再后来，她的作品多散见于《秦皇岛日报》《秦皇岛晚报》等地方报纸杂志。

一分耕耘，一分收获。伊娃老师对文学的热爱与痴情是无怨无悔的。同样，对于多年来一直攀登着文学艺术高峰的努力与追求也是心甘情愿的。

她说："一直想着把握机遇，不要错过，总想要找到属于自己的风景。于是，我们付出的各种努力也就成了没有退路的最好选择。"

是的，既然热爱文艺，既然文思泉涌，既然迈出脚步，又有什么理由停歇下来呢？如今，伊娃老师创作的《伊娃之约》即将成为她人生当中一部珍贵的文集，即将付梓与伊粉和广大读者见面了。但我相信，未来，在她坚实的文艺功底和对文学的热爱之心的强劲支撑下，一定会像那屋檐下的燕子，飞来飞去，始终站在文学创作的快乐枝头，独领风骚。

岁月不老，诗情永驻。愿她可以“收藏自己的故事，装满所有的夙愿”，在文艺创作与创新的路上，不忘初心，砥砺前行。真好，我们赶上了新时代，相逢在这个美丽的春天里。好风凭借力，扬帆正当时。趁着时光尚好，趁着春风不躁。让我们共同期待着《伊娃之约》的如约而至，也期待与她的不期而遇。

冯军，中国散文学会会员，中央国家机关摄影协会会员，河北省摄影家协会会员，秦皇岛市作家协会会员。

朋友们的话

李冬来 穆春英同志是我们秦皇岛港股份船舶分公司的一名员工。得知她利用业余时间创作的文集出版，真心为她高兴。

春英同志的作品，现实感很强，涉猎范围很广，行文自然纯朴飘逸，雅俗共赏。从四季变换、民俗传说、风花雪月再到现实生活等都入其文。无论是《惊蛰》《龙抬头》《微微雪意，品读〈江雪〉》还是《借吵架的壳，撒思念的娇》《风雨无阻，为你护航》，无论是叙事散文还是写景散文，谋篇布局都非常精当。春英同志有一颗爱心。她爱父母、爱家人、爱朋友，也关爱同事，深得大家的尊重和喜欢。

她写的文章，大多随心随性，但却感情真挚。愿她诗心永驻、快乐永远。

黄涛 我和春英同学一起从年少走来，引用她文中的话“遇见困难，经历失败和无数次磨炼，在不可能中探测、寻找、穿梭。把坚韧的努力汇聚成溪，奔向不可知的前方，前往从未抵达过的土地”，她对生活充满深深的爱意，历经岁月，一直怀揣着理想和希望，使人生更加丰满、诗文更加动人。借文集出版之机，祝愿我们“八十岁以下的年轻人”永远青春！

裴宝文 时光如流水。我们那颗曾经年轻的心也在慢慢地变老。可遇见了伊娃的散文，就会让我们随着她的笔触，慢慢捡拾起零零碎碎的旧日情怀，品味那被渐渐淡忘了的纯净味道……

刘焕军 今闻春英出佳作，军哥提笔来祝贺。浩瀚书海笔中寻，展风云志问今朝。多年耕耘今收获，期盼拜读妹佳作。祝贺你文集出版，为你的成功骄傲！

张瑜 “再美的容貌也不及一个有趣的灵魂。”伊娃，这个文字里风花雪月、蹙眉清愁，平日里迷迷糊糊、嘻嘻哈哈的小妖精，实在就是我一直要寻找的有趣灵魂。既然是小妖精，自然亦真亦邪，又纯善又乖张。爱之者有之，怪之者有之。爱她吗？这本书会给你一个理由。厌她吗？这本书也会给你一个借口。

孙慧婷 祝贺伊娃文集出版！最喜欢其中写小岛四季与风光的那些诗！感谢你让我们的生活离诗歌那么近！

孙继忠 相识伊娃是在20世纪80年代，那时她尚小。熟知“伊娃之约”则是最近一两年的事。

在北戴河文艺生活公众平台上读到“伊娃之约”的小诗和散文，总是与现实中的伊娃联系不到一起。

我认识的现实中的伊娃原名叫穆春英，应是一个集豪爽、能干、有主见于一身的女孩；我了解的穆春英，则曾是经历过生活波折与动荡的女孩，所以坚韧、拼搏、能吃苦自然是她的写照。

读“伊娃之约”，像是清晨的一泓静水，恬静、自然；像是夜晚的一缕春风，宜爽、清纯。似乎有些伤感，但却总是给人一种美的思绪和静的安逸！

我不知是怎样的现实和内心的结合才能塑造出真正的完美。但我想，能在终日地忙碌中留下一缕静思，能在冲动的物欲中留存一念泰然，那也一定也是难得的。

“伊娃之约”说不上是完美，但她能够使人感到一种美，一种朦胧的、说不太清的美，这就是“伊娃之约”！

金颖莉 伊娃是我闺蜜。她要出书，我很激动。我是她忠实的读者和拥趸者。她写出的东西都是让人“一炷心香洞府开”的好作品，能感觉得到她每一次的情感触动都是源自心底释放出来的一次完美歌唱，也是灵魂深处的一次激情澎湃！

她的散文和诗歌都是从生活中走来的。从她的作品里能听到花朵绽放的声音，那声音完美地流淌着意境深远的神韵。如果恰巧路过，恰与你的心境契合，一定会让你沉浸其中。

如果你喜欢散文和诗歌，那么请你带着一颗诗意的心，读伊娃的这本书。因为喜爱而仰慕，因为热爱而精彩！

孟栩 伊娃是我年少时期的同学。她少年时代就酷爱文学，对世界充满着绮丽的幻想。伊娃是唯美的理想主义者。这么多年，她始终珍存着一颗少女纯真之心，并用切身的体验与灵动的笔触，挥洒浪漫的情怀和对生命的热爱，这是不容易做到的。如今，她已然踏上了诗意的旅途，努力在寻找着自己的梦想。祝愿她的梦瑰丽辉煌！

张铮 伊娃的心思柔软易感，那些我们司空见惯或一带而过的境遇景致，都会被伊娃敏锐地捕捉并化为隽永的文字。让我感叹的不仅是伊娃的文采，更是她历经岁月而从未更改的初衷。光阴荏苒，初心依旧，我的闺蜜伊娃，终于成为一道独特而亮丽的风景！

宋立军 “清水出芙蓉，天然去雕饰。”伊娃的文章里充满了热情，同时也能感受到她真情实感的自然流露。

刘宏伟 小岛虽小名气大，绿水青山犹如画。才女伊娃本领大，欲把美景传天下。

曾凡武 伊娃是我的同学、哥们、儿时玩伴。儿时我们叫她穆桂英，因为我们那个时候太爱听收音机里的《杨家将》了。在我们眼里，她性格直率、风风火火。可在她的散文和诗歌当中，却能看到她女性柔美的一面，读出她对生活的无限热爱。

任永庆 当看见伊娃写的儿时的事，就像我们又回到了童年。谢谢你又勾起我们对童年往事的美好回忆。

王志红 伊娃是一个内心细腻，善于观察生活、品味生活而又多愁善感的人。她的文章能让你恍若置身于一幅幅美丽的画面中，在不知不觉中随着其情感的起伏或快乐或流泪。品读伊娃的文章，你会上瘾的。

杨拓 最初关注伊娃还是被她的两篇文章《我需要一枚毛主席徽章》《借吵架的壳，撒思念的娇》所打动。佩服她的才思和文笔，总想揭秘真实生活中伊娃的真面目。沙里总埋不住金，无意间便从圈中一暖男处得知了一切。伊娃，原名穆春英，就住在距离我们单位不远处。她是个好强的人，也是个优秀的人。欢迎朋友们都来关注“伊娃之约”这个公众号。

米希 “如果你在钢筋水泥的丛林里迷了路，如果你常常会忘记自己是女人……我建议，去看看伊娃的文字。”这是我说给自己的话。闲暇时，经常会品读伊娃姐这些滋养心灵的文字汤羹。她把平常的日子幻化成诗，融入到生活当中。

你是最温暖、最贴心的姐姐，初见我们就惜如知已。此刻，想不出比你的文字更美的语言来表达祝愿，那就愿你“就这样用柔软的心，与文字相暖，与朋友相聚，把喜欢的留下，把烦恼忘记，笑对过往，执一世欢喜，静静地，做独一无二的自己”。

朱天阳 文笔细腻，意境唯美！

田密 容颜易逝，书香永存。伊娃，你的风雅穿透了文字浸润着我，你的灵魂包裹着纯善感动了我。你让我的生活变得有趣又饱满充盈。我们约定：当你我老去时，亦不可止步于书卷中，让我们与绝世风华的真我对话，伴四季轮回的岁月修行。

韩玉娥 读了伊娃才女那么多的作品，发现诗人不甘平庸，不随波逐流，积极向上，把自己细腻的情感表达在文字之中，似乎我也随着诗句凝思、回忆、伤感、快乐。

杨翼 我接触到的伊娃，是一个细致感性的女子。她描写四季，描写情感，敏锐地体味生活中点滴的美丽，然后把它们叙说出来。伊娃的作品让我印象深刻、深深地感动。

刘继河 秦皇岛是充满诗意的地方，伊娃是这个地方的后起之秀。她的诗句清新脱俗，随墨香自然流淌，满满的诗情画意。

伊娃不仅诗歌功底深厚，散文更是笔调清新、文思细腻。她热爱生活，喜爱大自然，欣赏人文之美，重感情和亲情。字里行间，满满都是对生活的细腻的品味和感悟。

伊娃的美文来自生活的感悟。热爱生命之情溢于言表，情感真挚，让我感动。真心期待她的新书在文学百花园里鲜艳夺目，墨香氤氲。

苏若 在这繁杂的世界里有这样一位仙子，她用独特的眼光和视角去洞察这个世界，用敏感细腻的心思把世间的林林总总用文字表达得淋漓尽致。她，就是伊娃。我常常惊讶于她新作品出炉的速度、数量和如泉涌的思绪，每周必有新作。那些华美的文字从她笔下溢出来。节气在她眼里是诗，天气在她眼里是诗，节日在她眼里更是诗。她的文字充满了浪漫气息，仿佛世间万物都可以是她爱恋的对象，她与万物之间都可以有浪漫的故事发生。你的心里有什么，你的文字里就有什么。是的，伊娃用她的诗文带我们领略了一个不一样的世界，为我们编织出了一个精神世界里的世外桃源。欢迎走进浪漫的伊娃世界！

杨杰 伊娃曾是我的小伴娘。多年过去，当年那个跟在我身后跑的小丫头，已成长为粉丝如众的诗人、作家。

伊娃少女时代就很喜欢文学，工作后，报刊上总见到她的文章，演讲比赛常常见到她的身影。她是个很容易让人跳戏的人，直率的外表下包藏了一颗细腻的少女心。一场秋雨能让她感怀，一张照片能让她泪目。和她在一起，会不自觉地被她吸引、感染。

伊娃的诗歌和散文很纯粹，别具一格，充满韵味。我喜欢看她的文，细细地品味与感受，和她一起喜，一起悲，就像是面对面谈心。我喜欢读她的诗，就像在品茗老茶，茶香过口，留有余甘。

陈国旭 柔，轻柔，温柔。感谢伊娃的文字，带我回到家乡醉美的四月天。期盼你和桃花的重逢，正如我期盼再次读到这沁心的文字，如清泉从你的指尖流淌……

田瑞霞 伊娃是我的新朋友。她的作品温婉、大气、唯美，不论是诗歌或是散文，每一篇都给我们留下了深刻的印象，伊娃我们永远支持你！

彭兰 浪漫的伊娃老师用她灵动的头脑，把所有想写地刻画出来、描绘出来。我喜欢伊娃老师的每一个作品，她能用不同风格把作品写得淋漓尽致。

赵东成 喜欢伊娃写的诗歌以及散文。她的作品朴实、真挚、优美、励人。每每看到伊娃的诗歌，都感觉似在与她握手言谈，那么阳光、那么温暖，总是让人迷恋。

高丽君 与伊娃相识纯属“未见其人，先睹其文”。吸引我的是她那洋洋洒洒、委婉缠绵的语言和细腻温婉的情感。而与她相识时，却发现她是个大气爽朗的女人，想象不出如何与她的文风对接。

自古深情唯一“痴”。在她灵秀的笔下，一物、一景、一掠、一思，许多意象都能触碰到读者那敏锐的神经。字字珠玑，言之有物，思之有情。不虚伪，不空洞，有言浅意深的无形感染力。

她的诗行文洒脱、心境辽阔，还兼有豪放飘逸、温婉含蓄。可解，不必解，诗人融情入景，情景交融。

伊娃是个高产的诗人与作家。她写作的题材涉猎非常广泛。她的诗意灵魂，充盈着思想、蕴含着温度。她是新时代的歌者。

紫依 在别人谈笑风生时，在别人的觥筹交错中，在别人周游世界的脚步里，伊娃却一直潜伏在文字里。我们有着共同的爱好，生活中缺少了文字就如同缺失了生活的依靠。

春华秋实，经过数年历练，伊娃的文字开花结果了。这本书里浓缩了她的灵动与灵秀。书中的文字亦如她的孩子般一点点哺育而成。

她的写作实力大家是有目共睹的，就像一座爆发着的小火山，时不时地就要喷发一下。时而奔放豪迈、时而婉转温润、时而欲说还休。

喜欢她的文字，其实更喜欢她这个人，真诚、坦荡、无私。

愿伊娃的笔可以惊艳我们共同的岁月！

刘长峰 我不想用华丽的词语来赞美，只想用心走进这本书，走进字里行间，去找回我们天天腻在一起的快乐时光。祝贺你，你是最棒的！

陈禹含 伊娃是海的女儿，她以海的名义，让爱与众不同。伊娃是诗的精灵，总是在清澈的句子里，隽写出最美好的时光。一程山、一程水、一朵花、一棵草……皆是她笔下最生动的风景。

杨凯伦 伊娃在娓娓道来的故事里，尽情演绎着每个人都正在经历着的绚烂与真实的生活。一路洋洋洒洒铺就的文字，终于要插上腾飞的翅膀。这就是梦想的力量。

朱晓蕾 闺蜜伊娃是一个想象力丰富、洞察力极强、热爱生活的感性的中年女孩。说她是女孩，是因为她始终有一颗不被岁月侵蚀的童心。或许是生长在海边的缘故，她的性情也如海水般潮起潮落，刚强脆弱，矛盾交织。有点孤傲，有点狂妄，有点忧郁。白天的她，穿梭于纷扰喧闹的烟火日子里，夜深人静，她将自己埋入文字的世界里，恣意逍遥。

真正喜欢文字的人是不会势利文字的。文字本身就是一个人思想深处的写照，沉浸在文字中，只是寻求一种心灵的安宁、精神的陪伴，所以伊娃的散文和诗歌清新自然，随性天成。

我为伊娃的坚守初心和笔耕不辍而骄傲。无数个黑夜，每当我收到她发来的新鲜出炉的作品，我都会惊叹她的身体里究竟住着多少个精灵，那些文字个个生机饱满，跳跃出四季节令，舞动出鸟语花香。在她的眼里，一切都是美好的。而当我配乐诵读她的每一篇诗作，她也会同我一样兴奋雀跃，两个神经兮兮的妖精默契的同时向对方发出“哇咔咔”神秘魔幻的表情。

天才在左，疯子在右。一个人专注地去做一件事自然是不疯魔不成活。在伊娃的身上，有妖气有灵气有勇气也有骨气。一个梦做了几十年还在继续做下去，也不失为一种幸福。生活需要诗意，也需要伊娃这样一群麦田的守望者。让我们向每一位理想主义者致敬！

目录

散文

诗歌

散文

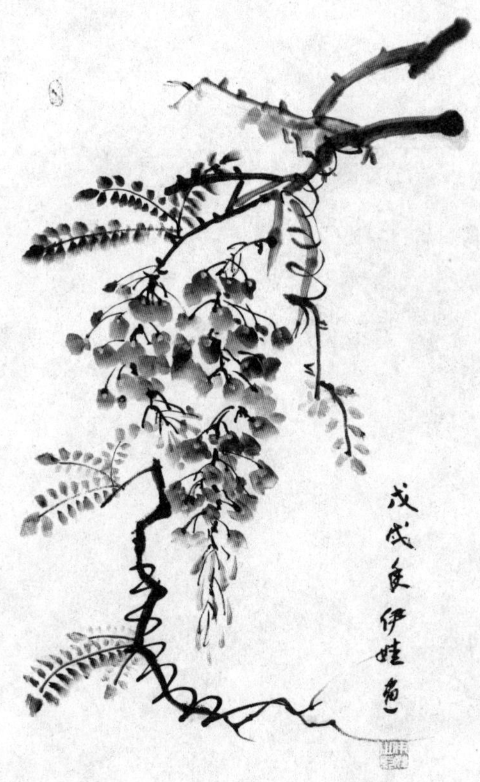

伊娃之约，我的情人节礼物

2016 年 11 月 14 日，伊娃之约第一次与读者见面。到 2018 年 2 月 14 日情人节，一年三个月了。

一年多了，因为伊娃之约，我一直都魂不守舍。因为我没日没夜地或欣喜或痛苦地写作，已经让我愈加疯癫起来，而我并不会那些投机钻营的套路，粉丝数量温吞着、缓慢地增长着，对于亲历这一年三个月的我来说，这也算是一段极度煎熬的日子，中间曾经经历过许多次痛苦、挣扎和自我怀疑。

微信的强大是我们有目共睹的。但是除了每天使用之外，我们还需要有更多的娱乐和追求。比如游戏；比如鸡汤；比如公众平台。我没有别的实际行动来利用微信的便捷，于是，我跌跌撞撞地开始去动手尝试。

我是以最爱的散文和诗歌一直坚持下来的，我知道这些都是比较小众的题材，但纯粹凭着自己的一腔热爱，虽然并不算成功，但我结合这一年的日常，贴合季节流转，一直天真地做着自己喜欢的事情。

一开始，我就把满腔的热情倾注到伊娃之约公众平台的建设。但是很快，热闹和喧嚣散去，问题就来了，公众平台嘛，不是发表一篇文章就可以了，而是需要不断地更新文章，那么，炒冷菜还是酿新酒呢？其实炒冷菜很容易，就是心里觉得对不起好不容易壮大起来的粉丝朋友，酿新酒吧，真的难为了我这惰性太强的懒人了。

到了今天，我知道我很多想法都太简单了，因为有人联系我说：你需要开通流量主。你花钱开通吧，那样的话，公众号的最后面就会出现广告了，广告是需要点击量赚钱的，只要有人点击广告，你的公众平台就会赚钱了。而且，所有数据证明，电商以及我的公众平台粉丝也会有惊人的增长。

我知道，在微信里要是能做一款使用频率高的产品（比如小程序之类的），而且利用微信的人际关系链相互鼓励，利益共享，可能会尽早成功（比如可以赚钱）。

可是，你们发现了吗？微信强大确实没错，但是你也不要高估了人际关系的紧密程度，在微信里，人际关系远比你想象的更加疏离。太多的闺蜜或是儿时的玩伴，在现实生活中越走越远，只剩下朋友圈互动点赞的联系而无暇顾及你的文章了。

昨天，我在广东一个曾经患过抑郁症的文友的互评群里舌战群儒，起因是她要在群里收费。不缴费的就不允许留在群里了，费用不多，近五百人的群一人每个月两元钱，说是请嘉宾讲课云云。我不理解，嘉宾？什么嘉宾？讲课？每天讲课还是每月讲课？究竟是如何定位？而且文友互评等任何小小的提议都要交费。如果纯粹的文学作品与利益挂上了钩，我心里不舒服也不喜欢。

在人们的眼中，如果不能带来直接的、立即的好处，那些太过紧密的关系又有什么用呢？是不是赤裸裸的得到金钱更有用呢？我想，昨天群里支持我观点的素不相识的人也是因为赞同我，才会觉得收钱的做法非常不妥吧。

别人的这一年里，也许每一个都是看似漫不经心的日子。而我的这一年，每一个日子都在不停地上演着波澜与欢喜，我也从最初的惊惶，慢慢地调节着逐渐适应。

我的伊娃之约逐步扩散，被人熟知了。

非常庆幸的是，多年来我还在努力地做自己，没有遗失的美好都在心上，我也一直有一个梦想：做一个有用的人，把文章流传得更广，为此，我已经消耗了整个青春，甚至更长更久的时光。

人们看到的我，是那个蹙眉轻愁、风花雪月都在笔下纵横的伊娃。而在人们看不到的那一面，是每天在无尽地煎熬中蓬头垢面、迷迷糊糊的伊娃。文字真的成了我的情怀，而价值却无须多言。

除了喜爱与情怀，我实在也剩不下什么了。幸好，我的粉丝虽然增长缓慢却也已经远远超出我的文字所能触及的范围；幸好，伊娃之约拥有了它自己的生命力。我终于见着了一点点光亮。现在，我对自己多多少少有了一点儿信心。

我想，我会坚持走得更远。

为此，我要感谢所有愿意阅读与分享点赞的读者。谢谢你们！

谢谢各位好朋友、粉丝们的支持和宽容，在那么多次地起伏之后，伊娃之约一路走到了今天。

情人节，恰逢伊娃之约一年三个月，这是送给我自己，也是我送给大家的最好的礼物。

我爱你们！

新年里的幸福感

2017 年 12 月 31 日，是满月，是圆满。而这一天的每一秒，似乎比之前已经过去的 364 天都更加珍贵。这一天，世界各地虽然时差不同但无一例外地都会迎接新年。日升月落，交替往返，就让我们一起用眼睛迎接、用双臂拥抱新年的光临吧。

在滨海小城不冻良港的沙滩上，生命、时间、年轮相互交融，海浪用最原始的方式，安静平稳地向沙滩边的浪花雪推进，留下了一片片的刮擦痕迹。而早已形成固体的浪花雪上，冰凌在阳光下闪耀着，还有一些凝固在里面的海草，就像种子一样蛰伏着、等待着，等待一阵风、等待春天、等待着它的生命重新绽放，再次回归大海，奔回那片广袤无垠的碧蓝……

新年来临的那一秒，我们又回到了生活的本真，真切感受我们身处的世界中，也许只是又一个平常日子的到来，但对于整个世界来说，新的一年，会真正开启现代人面前肃穆的仪式感。

新的一年，我试着把紧绷的神经放松。我希望，总会有人穿过陌生的人潮来相伴；我希望，看遍世间繁华，彼此用心感受与守护，互相取暖。

曾经，身体和心灵都被各种琐碎填满，似乎无法再安排出体验美好生活的时间，往往悄悄地觊觎别人的幸福，总是站在幸福里寻找幸福，对身边珍惜你、爱护你的人，却是视若无睹。

其实有时候，真的应该让脑子多转一个弯，生活似乎就少了灰暗，接踵而来的快乐，就会让我们的每一天，都可以笑得像花儿一样灿烂。

过去的一年，真的让我很走心。对值得等待的人，我们才会花足够多的时间。

多次设想穿越回过去，那时，不仅仅是我们稚气未脱，就连父母也是光洁靓丽的容颜。如果时光可以快进呢？看20年后自己的样子，内心是能从容淡定还是会无比心酸……

有些事，其实真是想不明白，也许糊涂一点，生活中就会增加更多的快乐吧。也许拥有了一颗平常心，就会觉得，身边的幸福一直在流动。

新的一年，让我们学会知足吧，知足，才是幸福的根源。知足，会使心境变得恬适，远离纷扰，幸福、自然。

有时候，我们拼命地追逐远方的幸福，而忽略了已经拥有的美好。

林语堂说：人生幸福，无非四件事：一是睡在自家床上；二是吃父母做的饭菜；三是听爱人讲情话；四是跟孩子做游戏。

所以，幸福不在别处，而是在自己的感觉中，在对生活的顿悟里。

一念缘起，一念缘灭。当有人陪在你身边，倾尽全力护你周全，在这个寒冷的冬天，你的世界便会充满了幸福与温暖。

每一段在你身边老去的时光里，都会深藏着很多温馨的故事，都会铭刻下很多温润的瞬间。这些满满的幸福与感动，才会让平凡的我们愈发丰盈。

静静驻足在时光一隅，让这抹幸福与温暖渐渐地植入笔墨，精心地留存，悄悄地收藏。我想，不论何时念起，依旧会安暖如初……

不知不觉中，仿佛弹指一挥间，我们的生命又画上了一道年轮……

这一场迟来的春雪

自打入冬以来就期盼着下雪，天气预报也报了几次有雪，却始终未见纷扬的雪花飘落。昨天又预报今日阵雪，心中暗想：这都立春了，雪，还会来吗？

早上，天色阴暗，很奇妙很意外很惊喜的是：下雪了！

下雪，是很有意境的，往往会催发很多轻盈的灵感，雪花慢慢地飘着，在雪地走的时候思维很活跃，好像什么浪漫的情节都会发生，当你赶忙想抓住那些跟雪花一样飘飞的感觉准备抒发一下时，一切都不见了！心中的天空上只有雪花还在飞舞。

下雪与下雨有很大的不同，下雨总是让人想办法去躲避，外出是需要拿着雨具的，下雪就不一样了，根本就不用打伞，雪如果在身上逗留，轻轻拍打一下，照样去雪中漫步，也没有淋湿的那种灰冷的心态。在下雪的时候去散步，要的就是冰凉畅快的感受，雪白白的，踩在上面微弹微颤，其实就是自己给自己找一种感觉，去品味给心灵深处带来的乐趣。

下雪了。雪就是冬天的标志，雪是令人欣慰的一种看得见摸得着的纯洁与宁静，那是轻灵灵扑簌簌的动感的画面，也是千变万化的不同人生。

雪大了些，舒眼望去，天地浑然，房顶上、树桠上渐渐被白色覆盖，一会儿，又好像谁不小心碰撞了熟睡的树干，把枕着枝条小睡的树挂摇醒。洒落了一地的漫天晶莹。而混沌之中，又有些难分彼此了，就好似被突如其来的苍白屏住了呼吸，也让所有的生灵窒息。

一朵小小的雪花飘然落在我的脸庞上，惊扰了我，我的世界被打扰了，它一点儿一点儿地破碎，又被一片儿一片儿地拼凑起来，竟没有找到一丝寒意带来的与风发生的裂痕。拼凑后的眼前的画面，那么唯美，那么熟悉，就好像一直在梦里的寻觅，情不自禁地伸出手去触摸，也尽力去感知雪花的心语。

下雪了，恋人们在路上小心翼翼地搂抱着行走，她的手插进他的衣兜，两颗挨着的心的温度一直在上升，在他们的心里，即使下雪，也是春天的感觉，也是温暖依旧。

下雪了，这就是春雪吧，没有鹅毛飘洒的漫天弥漫。这个冬季已经持续了太久，在雪中仰着脸感受，虽然儿时的皑皑白雪铺盖山野的景象已近乎成了奢望，但在这冬季结束之前能真实地带来纷纷扬扬地下雪的感受，也很知足了。

一直怕冷，冬天只依恋着雪。

独爱雪的空灵寂静，于苍茫又喧嚣的尘世间，破空而来，一路婉转，一路袅娜。看一怀洋洋洒洒的飞花，在空中曼妙着柔美的舞姿，一身诗意，一份潇洒。

雪轻轻地下着，那声音很软绵很轻柔，格外的安静。无拘无束又随心所欲的按自己喜欢的模样自由自在地飞翔。在刹那间，将一个繁杂而纷扰的尘世，装扮成一个冰清玉洁的我的童话世界。

一直期盼的落英缤纷雪花朵朵来了！有雪的日子，是快乐的。我的心也总是会在每一个飘雪的日子里，踏着纯白的诗行，剧烈地跳动。

忽如一夜春风来，千树万树梨花开。

早春，终于，下雪啦！

春天来了

北方的春天，来得有些突然，毫不知情地，就暖了许多，就像那柳枝，才刚刚开始抽青，风儿就变得温润起来了，不知不觉间，阳光愈发地温暖，日子突然之间柔嫩了许多，有了一种梦幻的味道。

虽然有“春风朝夕起，欢绿日日深”的诗句，但鸟语花香、桃红柳绿、万物自由的生机还在一直期盼的路上。

初来乍到的春，用温润柔滑的春风唤醒了一冬的沉寂，我不想错过这完美的春色，我需要一场春天的崭新的生长。默默地，在田地里仔细地搜寻，朦朦胧胧中，草芽儿细细地冒出来了，那抹极淡极淡的嫩黄新绿就这样若隐若现了。这个发现让满怀的欣喜弥漫到了心间，这个小小的春的讯息带来的快乐香气，让沉睡太久的田地苏醒又沉醉。

春已经酝酿了许久，春回大地把四季的规律轮回往返，把冬天的残雪融化，都说春天是位妙龄的姑娘，而我的感觉，春天更像是一位俊美飘逸的少年，风度翩翩地送来万物的光鲜，而后，才会引来那位绝世的窈窕淑女，静静地等待含苞绽放，盛开起万紫千红的花海一样的春天的花园。

春天来了，春风拂过的万木葱茏的新鲜郊外，撩人的春色里，枝枝柳条在春风的莺歌燕舞中翩翩起舞。

春天来了，阳光闪映下的湖面，一叶扁舟在波光粼粼的水面上璀璨夺目。

春天来了，顽强地顶破干涸土坷的小草羞涩地露出笑脸。

春天来了，不由得令人屏气凝神，在静谧的春色里仰起头、微闭双目尽情地感受春天的气息，要是有多情的春雨随风轻洒，就是与春天最美妙地相遇了。

在春日里清风徐来的时候，我会不由自主地喃喃低语，想与春天一起漫谈诗话。曾几何时，昨夜冬日的我整天都在冰凉又懒散的空气中弥漫徘徊，连心都变得麻木、连行动都变得迟缓。待到今天，这个春光明媚的时日，突然就有一种心明眼亮的顿悟，似乎清晰地看清楚了迷茫已久的远方，让我一再陶醉，忘了忧伤……

于是，我把梦呓晾晒在田野上，听种子的情话。

于是，我把昨日的鸟鸣啁啾在枝头，感受炙热的心跳。

于是，我让蝴蝶翩飞着采蜜，把爱恋刻在石头上。

于是……空气中淡淡的花香，一点一点地浸润着心扉的时候，风儿便柔柔地触摸到内心的某一个角落，角落里，思念突然没有缘由的生根拔节。真像雨后柳枝上初绽的嫩芽，虽然娇弱，却坚强地随着微风摇曳。

清风拂面，那些梦里飞逝的日子，就围绕在身边，思绪从心底慢慢地吟出，从不会忘怀，触手可得。而我只能凝眸望远，拈花微笑着漫溢出对你美好的祝福，此刻的祝福，虽清浅，却真切，却芬芳。

轻轻重重的心事里，长长短短的记忆中，我落落寡欢的孤独和摇摇欲坠的悲伤被春风安抚，那些咫尺天涯的日子，我只能与你遥遥地相望……我宽宥，你欲言又止的沉默，我体谅，你眼里的深情、心里的灼伤。我愿意为你画地为牢，专注着倔强……

草色青青柳色黄，桃花历乱李花香。

每一个神采飞扬的春晓，任由朝阳燃烧着白云，那朵朵的红颜绚烂地在天边的一抹蔚蓝里耀眼地绽放。

早春二月的故事，全都翻新了！春天在我所能想象的那个章节里，动情地在那些满是新绿的枝头眺望。这是个深入我心的季节，随心随性散漫的我，每每这个时候都会比较兴奋地跑出去，用笨拙的方式翻看着、采撷着，因为春天从始至终都是在我的心里萌芽的，永远不会被搁置的。

从一开始就喜欢春天的润土气息以及它的土壤里散发出的微甜又陈旧腐朽的气味儿，喜欢在阳光下并不浓密的树荫间，因为没有夏日的枝叶浓密，阳光才会透过那些年轻的叶子，在我脸上散发着融融的暖意，才能更加清晰地聆听大自然关于春天的消息。

一年之计在于春。愿你迎头撞上的岁月温柔又有趣。愿你在时间面前慢下来。愿你不再想着迎合他人而忘了自己。愿你精致到老，不为诗意，不为风雅，只为爱惜。

来吧！二月春风。春天，感谢你的扑面相逢。

我要带你去旅行

又降温了，初冬的夜寒冽刺骨，窗外夜色清冷，楼下的音乐声音很大，从窗户的缝隙中飘荡过来，是《带你去旅行》吧，真的好听。

我想要带你去浪漫的土耳其
然后一起去东京和巴黎
其实我特别喜欢迈阿密
和有黑人的洛杉矶……

音乐隐约中流淌在如水的月色里。我心中开始臆想着：什么时候能去有着黑人的洛杉矶？于是乎，如梦般地在房间里迷幻起来。

曲子优美又诱人，充满了浪漫的情意。在寒凉的夜晚，因这邻家本来是噪声的歌曲，心中却突然就蓄满了感动。

轻重缓急中任歌曲慢慢在心里品味、流淌。

这是与素来喜爱的钢琴曲完全不同的感受。钢琴曲都是旋律简洁、柔和舒缓的，在闭上眼冥想时就会有既视的画面感，在面前慢慢铺展开来。

今天，对这朗朗上口的歌曲竟也非常迷恋。是迷恋优美的旋律还是迷恋对去旅行的向往呢？心中不禁哑然暗笑。

我也放一曲音乐吧，懒得去开音响了，打开手机里的音乐，按下去，是理查德的《秋日私语》。想象着：秋风中，树叶黄了、红了，落叶铺满了大地，宁静的落日，南飞的大雁，傲霜盛放的菊花……

一遍遍听着《秋日私语》，心中沾满了秋的气息。

秋天，是思念专属的季节。独坐窗前，清茶一杯伴着清音一曲，往事轻轻飘来。悄然而至的等待，逢秋来，逢花开。

曾经走过的路，都隔着一程山水。今夜，月凉如水，今夜，虽过了思念浓郁的秋天，但是，听着房间里的《秋日私语》，又有楼下传来的《带你去旅行》，思念便有了土壤，开始扎进去，生了根。

感恩所有你相伴的岁月。一起走过的时光，在心里一直温暖芬芳。

时光荏苒，年华在不经意间流逝，那些曾经历的狂喜与失落，都变成生命里的一部分，藏在记忆的盒子里。日子渐行渐远，回忆逐渐悠长。我在一杯清茶里、在一曲清音里与往事静坐，任时光静静流淌。

钢琴曲与窗外不眠不休的流行音乐和谐地辉映着。我不再质疑自己的审美，也许，这就是当下流行的“混搭”吧。

淡墨素笺，岁月清浅。我们的生命，终将会被一路馨香温暖的吧。

听着《秋日私语》，去旅行吧。去了解、也是去了却自己未了的心愿……

做个热爱生活的人

有一种女人，她们衣着得体、淡妆精致、充满耐心，好像对生活有着无穷的热度，做什么事情都有条不紊、不疾不徐，不知不觉中周身都散发着光芒，磁石一样吸引着所有美好的目光。

我的好朋友亚诺便是如此。她的家永远明亮整洁，窗帘、被品随着四季的变化而变换着不同的颜色；

亚诺家有条破坏性极强的萨摩耶狗米粒，家常便饭地做着不同程度的毁灭性破坏，她仍很有耐心地收拾着一切；

她喜欢养绿色植物，每日清晨一边哼着歌一边在露台上浇水、剪枝、松土；

她心疼父母年龄大了，每天上午骑着自行车去给父母做午饭，并把父母家收拾得井井有条。她的父母每天看书、散步，脸色红润，精神矍铄。

每天晚上，亚诺终于有了闲暇，于是，她坐在工作室里开始了唱歌、朗诵的网上直播。她的粉丝众多，出色的她就像明星一样被粉丝拥戴。

某天，我邀了几个朋友在家聚会，精通厨艺的她自然是主厨，她知我不善做饭，便从她家带来了各种调料，告诉我应该用什么、怎么用那些调料，又戴上她带来的卡通围裙，为大家张罗了满桌的美食。

大家鉴宝似的研究她自己酱的熟食，我又惊奇地发现：盘子里的配菜黄瓜和胡萝卜竟然被她切成了一朵一朵的花，正当大家都在啧啧称奇的时候，她不见了，原来是跑到楼下超市买醋。

大家看着醋，很奇怪，她微笑着说："这个醋与果醋用途不一样，很提味、很好吃呢。”

何必这么麻烦呢，这已经很好了，况且口感差不多，根本无所谓的，但对于她来说，这样的小遗憾便是对朋友的敷衍，是对生活的将就，是不精致。

像她这么热爱生活、把日子过得如此精致的人，对生活永不厌烦。她知道厨房不仅有烟火气，还要有浪漫味儿。和亚诺在一起，永远有新鲜感，永远都会被惊叹到，感觉每天都是那么美好。

经年累月，我们的心被生活中的种种问题击碎，我们的耐心和对生活的热情逐渐被消磨。我们没时间常去看望父母、没时间为自己做美味的早餐、没有时间读书、没有时间精致地生活。

其实，生活里的琐碎并不总是麻烦，有时反而是点滴的喜悦。

属于每个人的日子都是一样的。

每个人对待生活的态度不同，从而影响了你的心和你身边其实很美的风景。

从现在开始，我们一起做个热爱生活的人吧。

来北戴河吧，这里是一切焦虑的治愈之地

从小到大，一直在秦皇岛生活，外出旅游次数越多，越发现外地人都知道北戴河、山海关。

北戴河太著名了，不仅仅在国内著名，它早已因美丽的风景、宜人的气候而蜚声海外了。

小时候，学校组织春游，直接就奔鸽子窝的鹰角亭看日出，联峰山野炊。

而我多年来的最爱，是去海岸边散步。走在老虎石海滩，寻一处礁石坐下来，听着海浪温柔地拍打脚下的礁石，天边金橙色的光幕降下来，太阳被从紫色到粉色渐变的云簇拥着，慢慢地陷落下海平线，最是让人震撼与心动。

我们每个人从幼儿园就开始赛跑，到现在一直没有停歇过，恐慌和焦虑总会趁黑夜、趁疲惫时来动摇我们。干脆真的停下来，给思想留一个生长的空间，放空自己，来北戴河的海边坐坐。

在喧嚣的城市久了，人也变得麻木，有时常常质疑自己的人生，也会突然觉得自己的生活竟然空无一物。

我们应该自然安逸，脱离这种催促式的被动的生活状态，来北戴河吧。这时，望着碧海金沙，真的会感叹，这才是生活应该有的样子。

有时，在快节奏的都市里，停下来思考、体验和修整，显得有些奢望，但是，我明明看到北戴河有越来越多的游人长久地驻足停留，选择每年过来放松像紧绷的齿轮一样转动的周而

复始的生活。

在寸土寸金的现代，城市密集的钢筋水泥森林中，北戴河竟然有大得让人惊诧的原始植被完整的联峰山、有沙软潮平的老虎石海滩、有镶嵌着镜面一样的湿地，别说是从外地过来游玩，就是我们每天在紧张的工作生活之余流连到这里，都会睁大眼睛仔细地看着，把美景留在记忆深处，仿佛这里就是一回头就会消失的仙境。

最近，我在喜欢运动的朋友的鼓动下，爱上了骑行，每天下午，我们三五个好友开始骑行，目的地就是北戴河。克服了骑行最初几天的疲劳与不适，同时，放下工作、写作、社交，疏远现有的生活，放下每日里积累起来的疲惫和焦虑，我发现我变了，变得更像自己本来该成为的样子，简直舒爽无比。

为了把每天的生活过得饱满，来北戴河吧。

为了不再烦躁，来北戴河吧，这里能让每件事都慢下来，这里的美景就是灵丹妙药，可以治愈一切焦虑。

湿地漫步

生活总好似在被无形的手推着前行，压力与烦恼总是与日俱增。几日前突发奇想，来到北戴河鸽子窝湿地漫步，以抚慰日渐焦躁的心情。

登上北戴河鸽子窝公园的鹰角亭，在亭边向左手下方眺望，就看见了汹涌澎湃的大海边，有一片片的湿地露出水面，就像一泓泓形状各异的明镜，照着身边的风景。

这里，大海与湿地竟然奇妙地结合起来，一侧波涛汹涌，一侧平和宁静，这里，就是著名的北戴河海滨湿地保护区了。

微风吹过，那闪着粼粼波光的海水，就像小仙女手中的魔法棒一样变幻着各种颜色。叫不出名字的水鸟与海鸥们鸣叫着、低旋着，在海面徘徊。而远处，真正的天地苍茫、海天一色。

霏霏细雨中，近处与远处的天和海都连接在一起了，要不是偶尔驶过的小船做了提示，还真分不清哪里是海的边，哪里是天的缘呢！置身在此，人似乎与大海、天地都融为了一体，令人从心底生发出无限的爱恋。

鸽子窝湿地保护区就在滨海大道旁，在奥林匹克公园和动物园之间，沿着鸽子窝公园的海边漫步，便把这里的美景看个满眼。

这里的湿地有种别样的美丽。这里，水草丰茂，水波温柔轻盈，依着大海，倚着沙滩，每天经受海水冲刷的海草的颜色都是五彩的，一簇簇地挂满了苔藓，看到这些心里不自觉地萌发出一种对大海、对湿地、对长着苔藓的水草的贪恋。

这里不仅仅是鱼儿蟹儿的故乡，更是鸟的天堂。那成群结队的水鸟，像跳动的音符，就点缀在茫茫的海天之间，它们有的悠然地盘旋；有的拍打着翅膀追逐嬉戏；有的正在俯冲，是发现了鲜美的食物了吗？还有的伸着长长的脖子和嘴巴，悠然自得地梳理着羽毛，湿地上时不时地被它们踩出清晰的脚趾印记……它们正享受着大自然与人类共同赋予的安宁与悠然。

这里，没有城市的喧嚣，没有打扰。有的是随着潮汐潮起潮落的海水对湿地的亲润，有的是惊涛拍岸后大海馈赠给水鸟儿们的美味佳肴。看，岸边还有它们栖息的小树林呢。在这里，有一种真正的自然、和谐、生态之美。

轻轻地漫步在湿地，回眺鸽子窝、回眺鹰角亭，远眺大海，那或白色、或绿色、或蓝色，甚至在阳光下闪烁着金色的浪花澎湃着，忽高忽低，起伏错落。涛声阵阵，浪花从远至近，随着远处的一条白线、一抹亮色推进着，越来越高、越来越高，我不禁看呆了！哈哈！是在涨潮啊！此时此刻，我好似已经腾云驾雾，心绪从一开始的恬静空灵，急转为要与大海一起沸腾、一起澎湃了。

倚在海边的木制栈道旁，看潮起潮落，看各种水鸟，看依然平和的湿地，是如此畅快淋漓。

当面对着大海，面对着这属于海的臂弯中的神奇的湿地时，突然觉得自己就像是这片湿地中的小小沙砾。

天，是那么高远；地，是那么辽阔。人，在景中坐；船，在画中游。

心，突然就静下来了。

美丽的北戴河鸽子窝、美丽的鸽子窝湿地、美丽的一汪汪碧水镜面、美丽的小树林从此在我心里生根，在我梦中摇曳。

海滩私语

九月的傍晚，送走夏日里最后一缕火热的骄阳，来到北戴河，看看初秋的老虎石，看看少了游人如织的海的模样。

海宁路的尽头，道路与沙滩之间有整齐的栏杆相隔，眼前这片金黄细软的沙滩就是北戴河老虎石海滩了。

海浪将金黄的沙粒冲刷成平整光滑的肌肤。风的飘逸、月的变幻、山的呼应、浪的抚弄，在这里尽情上演。我急切地跑到沙滩上，拎着鞋，光着脚行走，突然觉得心都宽了，心中也没有了杂念，一切都能放下了。

海浪在我的脚下悄悄地涌过来，轻轻拍打着我的脚面、亲吻着我的脚心，似是贴心的安慰、似是无声的叹息，又似乎怕搅了我的思绪，悄悄退回海里去了。

夜又深了些，海滩上还有稀疏的人影，有的独自漫步，有的窃窃私语，有的忘天忘我地相拥而卧……沙滩上，白日里的五彩太阳伞有些失了神采，暗淡了许多，投射到沙滩上一团半圆形的暗黑。

我望着半圆形的暗黑出神，这就好像是一场初秋沙滩上的梦，在最纯情的期望中，躲避在褪去暑热的真实里。幻想：明日太阳高悬的午后，穿着长裙的少女在五彩太阳伞下的躺椅上等候，在激情的大海与温柔的沙滩之间恋爱。旋即，九月飞花，轻盈飘逸，簌簌落英绚烂夺目，情定终身。一场允诺一生一世的携手同行，在海滩上、在秋风里、在艳羡中有了圆满结局。

不知不觉中，走到了礁石旁边，这里的海浪明显脾气不好，暴躁地一次次冲上礁石，这边的海风也大了些，理了理被风吹乱的头发，寻一块平坦些的礁石坐下，继续与大海、与礁石、与沙滩轻语。

有多少个日子，我们在时光的漫途中，一路向前，也一路寻觅。有几个一时兴起，为了品尝孤独，坐在礁石上品味有些咸腥的空气？

风又大了些，极简的素描勾不出海滩的神韵。浮躁的生活，浮躁如我；简单的风景，至简如你。

漫步走回海宁路，路两旁的杨柳依然翠色欲滴，小草也正恰好地葱茏，而吹在脸上的风小了些，俏皮地在裙裾中、在脸颊上跳跃，隔离带外侧的水池开满荷花，诉说着菡萏葳蕤的情事……不由得想：这该是暮夏初秋在季节的交替中，留下的永远的一抹心动吧。

夜深了，该回去了，回到现实生活中去。

这片我挚爱的海滩，每次来都能寻到晨露初绽一样的记忆。

这片我挚爱的海滩，永远触碰着我，我会带着满腔情意再来看你。

烟雨漓江

五月的微风，迎着淡淡的小草的清香，轻拂发丝。

独倚舷窗，船在平静的漓江缓行，静静望着水中若隐若现的影子，心明媚而温暖。

雨丝细细斜斜地落下，让江水泛起一层一层的小小涟漪，与我家乡的大海不同，落着雨的江水仍然是静静的，远处的山上薄雾缭绕，朦胧中感觉这些山似乎披上了白纱，雄奇、柔美。

这是最令人神往的烟雨漓江。

雨雾中，江边的山势起伏着，有的好像四蹄腾空的骏马；有的好像大象伸出长鼻子在吸水；有的好像雄鹰正在展翅……

嫩绿、鹅黄、青黛的秀色，错综变幻，交织一片，酷似一幅不嵌边框的水墨山水画。

有个直上直下的山腰，竟有一处亭子在雾中若隐若现，这就是人们说的"听涛阁"吧。而那些并不知名的山头，就似群龙一样在吞云吐雾，真的很想知道在那个据说没有道路的山顶，是否有一段春暖花开的时光，让谁含笑走过？

烟雨漓江，总能感觉天也离我很近，风是甜的，心是暖的，翩翩起舞的雨丝飞扬，曲拦江路，早已不知归处。

于是，看得见的都在眼眸里扎根，看不见的都在心里朦胧。

寻遍江南，唯漓江，让心更加柔软，这里没有城市的喧嚣，淳朴而幽静。

这里，不由得都会渴望一场遇见，静守在晨曦中、在斜阳里、在月光下，在念念不忘的日子，任流光梭回，任岁月荏苒，乐享青灯摇曳，酌饮漓江佳酿，目尽千帆，忘了时间，忘了疲倦，唯爱山水、唯爱慢时光……

对江梳妆，幻想着变成原始的甑皮岩人，没有姓氏，皮肤黝黑，在山上林子里生活，清丽的箜篌在山谷回荡……

写意，这是最缤纷的日子，这是最美的童话。

烟雨蒙蒙，如此，每一个日子都有悠扬的旋律轻叩心扉，在漓水之湄，仰可揽巅峰雄奇，俯能拾山麓灵秀……

烟雨漓江，恰逢小满，古人云：“花未全开月未圆”。这是一种含苞待放的人生状态，是诗意满满，是从容和美好。

花开盈盈，似在雨中低眉浅笑，惊鸿一瞥便是遇见的美妙。

这一程如画山水，这一程烟雨旖旎，这一程就是我的倾城之恋。

我的江南梦，我的蒙蒙烟雨，我的烟雨漓江。

蓝色的眼泪

荧光海，被朋友圈刷屏了。弄得我急忙去近距离看看海。

虽然时常会来看海，但是每次到海边都会感觉到一个崭新的世界。

傍晚，岸边的沙滩上，向远处望去，只看见海水满盈盈的、白茫茫的一片，海水和天空合为一体，都分不清是水还是天了。远处的海水，在最后一缕夕阳的照耀下，像片片银色的鱼鳞铺在水面，又像顽皮的少年在不断地跳跃，波光闪闪，尽情欢愉。

看着大海，海水竟然与我相连，静静地穿越我的脉搏，涌向毕生追逐的沙滩。

天暗下来了，风轻轻地探身，拥着几乎变成墨色的波浪，在海的深处晃动，款款走来。

海水是深沉的寂静，海水的怀里，浪花在冲向海滩时窃喜：终于与沙滩邂逅，为此，才不负粉身碎骨冲过来流淌的蓝色泪滴。

我恍惚间揉了揉眼睛，就这样浪漫地与荧光海相遇。

海风吹拂着海水，海面上出现越来越多的蓝色海浪，近的，远的，一浪接一浪把带着荧光的海水送进沙滩。瞬间，有一种深深的来自心灵的撼动，让我几乎傻在这里。

每一次浪花向沙滩涌来，不断出现荧光色的蓝点，它们或长或短，发着蓝色的荧光，整个海岸线犹如浩瀚的银河星空，让人仿佛置身在“阿凡达”的美妙世界。海里，很像飞进去了发光的萤火虫，梦幻至极。

我屏气凝神，听见看海的人群随着海浪拍打沙滩的节奏不停地惊呼，已经听不见自己的呼吸。

其实，我在来海边之前已经做了功课。据了解，荧光海还有一个唯美的名字：“蓝眼泪”。而蓝眼泪是一种在海里生存的微生物，白天靠海水的能量生存，夜晚随着海浪被冲上岸的时候释放能量。离开海水的蓝眼泪最多只能够生存 100 秒，随着能量的消失，蓝眼泪的光芒逝去，它的生命也就结束了。

蓝眼泪惊艳又凄美。短暂的生命打动着我，朋友、帆船、流着蓝眼泪的荧光海，交替搅扰着我，净惹思绪。

思绪的潮水，翻涌着心海的浅岸，敲打着星光斑驳的深夜，思落蓄水，汇溪入海。

今夜没有月亮，也许是月亮怕遮住了蓝色荧光海的光芒。风挟裹着海的咸腥味道，浅笑着溅起浪花，溅起洒落的蓝色的泪。

海的那边是什么呢？ 是一位身着蓝纱裙的美丽姑娘在为谁等待吗？我仔细聆听：我的眼泪为什么是你的味道，我的眼眶为什么会有你的浪花，我的心里为什么会有你的潮汐？海风呜咽着吹动浪花，抚摸她蓝色的眼泪，轻叹着却无语。

海风伴着细浪，一层又一层地赶来，本应泛白的浪花流着剔透的眼泪，碰撞着卧在浅滩的礁石，水花溅起又飘落，冲湿了我的衣裤，抹平了我留在沙滩上的印记。我的脚印明明是写给蓝眼泪的情书呀，那字里行间注满了我对天使坠落大海的怜惜。又一波荧荧的浪花涌过来，似乎告诉我：它带走了情书，已经珍藏在海的心里。

深夜的海边，蓝色眼泪，唯美忧郁。在这里，生命是真实、是灵感、是存在的意义。

此刻，我多想变成海水，冲散你一世的忧伤，轻吻你蓝色的泪滴……

爱情，大抵都在三生三世吧

凉凉夜色为你思念成河
化作春泥呵护着我
浅浅岁月拂满爱人袖
片片芳菲入水流
……
生劫易渡情劫难了……

我是个后知后觉的人，听到这首催泪的名为《凉凉》的歌的时候，就立刻被这首深情凄美的歌深深打动，据说电视剧《三生三世十里桃花》早已经在半年前就播映了，于是，从来不看电视剧的我破天荒地开始追剧。

几乎三天三夜的不眠不休，虽然没有困意，但任性之后的代价是：一种情绪在心里堵着、郁结着……

剧情曲折虐心，伴着渗入心底的感动和跌宕起伏的情节，我傻傻地跟着剧中人物悲喜，造成眼睛怕光、睁不开，直至最后肿成了一条缝。

就在刚刚过马路时，甚至看不清要躲避的车辆。虽然看不清道路，但我神经大条地心想：这四海八荒什么时候这么多车呢？

《三生三世十里桃花》讲述了青丘女帝白浅与九重天太子夜华的三生爱恨，三世纠葛。

一个醉卧桃林忘记前尘，一个情深三世苦等成灰。

累世情缘，谁捡起，谁抛下，忘了前世，却仍牵挂……

在作家唐七的妙笔生花下，作品浪漫唯美，主人公心心相印、不离不弃……作品不停地告诉我们：要相信爱情。

爱情是什么？爱情不是说你对我多好，你为我付出多少，我就应该爱上你，因为爱情没有道理可讲，不是能够等价交换的，有的甚至终其一生都没有找到自己真正爱的人。

当你爱了的时候，不会因为他付出得少而轻易放弃，也不会因为他的才能不及别人而退缩，甚至房子、车子全都不是问题。

剧中的师父墨渊替爱徒司音挡雷劈，是真爱；离镜为了司音遣散美人也是真爱；但是，错误的是时间，此时，不管是对还是错的人，都可以说是有缘无分吧……

女主第二世的素素，因为太爱夜华，爱到卑微、爱到绝望，跳下诛仙台。醒来之后选择了忘情水，是因为爱了，是真爱才会受伤。这时候即便是师父醒来，估计也不会选择他，不是因为师父不好，而是因为你爱一个人的时候，会看不到其他人的好。你看到的，只是你心尖上的那个人。

爱情，让人幸福快乐，也会让人遍体鳞伤，但是，个中滋味谁说得清楚呢！不管谁对谁错，只要彼此爱着就不会错的。

男主角夜华的爱执着真挚又深沉内敛，他一直将爱藏于内心深处。白浅和夜华情深不渝的三生三世和万年的爱恋，正是我们对纯美挚爱存于世间的向往。

我们愿意相信，只要有爱就能战胜一切。

爱情，大抵都在三生三世吧，欠账了么，慢慢还吧……

正入迷地看着这奇幻的龙狐之恋时，我的橘猫耍赖地跳到我腿上，突然间恍惚了：我是帝君吗？你是九尾小狐狸吗？走，我们一起去人间历个劫吧……

生命里最真实的样子

那些我以为遥不可及的、不会到来的衰老，还是来了。

事物是这样。人也是这样。

我逐年长大，母亲逐年老去，曾几何时，我似乎永远都是母亲肩膀以下的孩子，无忧无虑。那时，晚饭后的闲暇，她给我讲自己编的故事，她唱的《五彩云霞》那么好听，至今那甜美的歌声还萦绕在我心里。那时，她多么漂亮，无所不知。

时间铁面无私，时间总是无情。它不知疲倦地一直向前行走，从没照顾过谁。

当我看到母亲下台阶的动作缓慢了许多，才发觉时间愈发的残忍。它悄无声息地经过每个人的一生，最终让他们走向的，无一例外是衰老、病痛，直至死亡。

这就像是一场盛大的仪式，参与者就是我们每个人。

时间慢慢地走过，我们终究只是它掌控的小小生命。而我们都是时间的过客。一直想着把握住机遇，不要错过，总想要找到属于自己的风景。

于是，我们付出的各种努力也就成了没有退路之后的最好选择。

于是，母亲生病住院了，她一直叮嘱：不要告诉别人，不要麻烦了、影响了他们的生活。

生活，依然继续。

时间无情人有情。

当我抚摸母亲略显粗糙的手指，她马上捉住了我的手，我感觉得到，那分明是充满信任、毫无保留的爱意。

时间不动声色地，让这幅温暖的画面定格。这温情的色彩，才是生命里最好的样子。

这也是生命里最真实的样子。

请珍惜，今世的缘

寒冷的早晨，路上，身边的行人与车辆都是急匆匆的，流年里的冬日旷野，寂寥而又空旷。岁月就是这样，如疾风呼啸而去。不觉又把一年走到尽头，转眼，我们又添新岁。

细数时光，得到与失去亦如影随形。而冬日里缺少了七彩颜色的窗外，却始终有满怀的阳光，让人惊喜，灿烂着、温暖着每一个薄凉的日子。

那些逝去的时光，在心里留下了轻轻拂过的温柔，让往事清晰地感动着。真想，在红尘里婆娑着相忘；真想，让宿缘千回万转；真想，不再管今夕何夕；真想，把心交给没有雾霾的碧空，不染纤尘，净若琉璃。

你我感叹过的布达拉宫的经筒，仍旧像时光一样不曾停止转动。如今，岂止相隔万里，岂止蒹葭彼岸。只有我自己，站在岁末的路口，依旧看到云卷云舒、月儿肥瘦、潮汐起落和远方迟迟不再归来的那个一直思念的人。那些曾经用开怀大笑的青春与善感忧伤所堆砌的回眸，在回忆里，生动、潋滟，又永恒地疼痛。

昨日的芳华，转瞬随着流水游走，是时光如梭，才会搁浅了诺言。有多少次转过身以后，执拗地不再回头。但我们彼此的心里记得，那些被我们挥霍过的浪漫时光，那些踏雪寻梅的轻愁，那些疯过笑过哭过的日子，那些念念不忘，在岁末的转角，随着时间已经走远。这些都是我们的礼物，还不回去的珍贵的我一个人的记忆了。

几度放下你来过的印记，一直后悔从未告诉你，其实我也很珍惜，若你重回人世，我愿逆流而上，对你浅笑轻语：我，还一直在这里。

真想放下一切，让自己做一条无忧无虑四处游弋的鱼。因为鱼只有七秒钟的记忆，从此可以不再想你。

时光如梭，又一年了，不知你是否听得到我在风中的细语，念与不念，隔着岁月，都一直驻留在那年，在心底的角落，滋生出你离开的冬日里梅花吐蕊时的暗香，亦如最初的静好。

多年以后，你我还可以在时光隧道里，相望相安吗？你曾经的呐喊，是否像波纹一样，层层散开，在水中氤氲出新芽……

那么，我们就此相约吧，从此，在一个张力被点燃的磁场，淡看流年烟火，细品岁月静好，不再分开。用卡在喉咙的心剥开世俗的老茧，把自己最柔软的部分暴露在外，让万分沉重的爱，债各有主。从此，随缘追逐自己的温馨日子，完成我们触及心底的值得铭记的故事。

其实，我还想说，当生活磨平了我们的棱角，那些错过的日月，在心里，是否还能留下谁的影子，是否还记得那件充满了阳光气息的衬衣？我们是否一如往昔，在令人惊奇的焕发出浪漫与青春两种不同的质感面前，能够不计得失，为了不辜负，为了爱执着到底呢！

如果时光可以倒转，我一定会轻拥沧桑与你对坐，我们有过那么长、那么久的难忘日子，我愿，静静地陪你，一起笑语流年。

此生，此时，此刻，请珍惜，今世的缘。

笑对过往，执一世欢喜

早上醒来，长青的针叶树上，暗淡又没有了光泽的尖尖的墨绿针叶，跟昨日一样在随风摇曳，而就是这之间的转瞬，2018 年的日历就已经翻过半个月了，2017 年真的已经成为历史了。

一切都好突然，迷迷糊糊、似醒非醒地，一年就被各种忙碌推过来，走到了头。

时光无法逆转，岁月也不会因为顾忌谁的感受而放慢前行得脚步。

新年过去，春节将近了。

又是一年将尽时，似乎没做过什么值得纪念的事情，烦事琐事倒是比比皆是。这不，快过年了，四处都在如火如荼地举办年会、联谊会，我也跟着凑热闹，到处跑场子，沾足了喜气。

而随手拈来的这份闲情，则成了我在万般红尘中的一点欢喜。记得在青青草原年会上，当大屏幕上放映着在烟墩角的渔村中看满湖轻灵的天鹅，一对雪白的天鹅引颈相依成心形图案时，我控制不住善感的自己，以仰望天空 45° 角不让眼泪掉下来的姿势慢慢平复心情；当在阅读会新春联谊会上焦岩等四位老师的情景剧让我们全场动容流泪……我知道，我的柔软的心还在，我庆幸，没有随波逐流失去自己。

即便人生不如意事十之八九，即便世事无情喧嚣，即便流年凋落了芳华，我也一味地在对自己说：做一个有情有味、温暖的人吧。那样，便可以依旧在素朴生香的日子里，慢慢地苍老而不是苍凉下去。

今天看周国平公众号里的文章，说到了人只有两个去向：变老或死亡，所以成功地变老非常重要。

我们何尝愿意轻饶过岁月呢？

就像严冬里依旧碧蓝的天空；就像稀疏寂寥的星空，就像不愿脱落的枯叶；它们还在努力维系着与古老枝头的一段前尘里的牵挂，而脚下却已是失去了生命的衰草和落叶，而一世伫立、巍然屹立的树干，早已看惯了新生与凋谢，看惯了阡陌纵横、缄默不语。

它们又何尝愿意轻饶过岁月呢？

我们虽然是俗世的凡人，但也要努力活出惊艳的自己。

于是，很想写一篇文字来纪念，纪念这一路走来的点点滴滴，可提起笔，却总觉得笔端清浅，也许是这一刻，有太多的感慨在心里弥漫，太多的感受郁堵于心间却无法描绘吧。

随着年岁渐长，更愿意行走在属于自己的世界中，主宰自己的命运，不活在别人认定的框子里，一切随缘、随意。

无论何时何地，我们唯一能靠得住的就是自己，毕竟，人生所有的路，还是需要自己走的，谁又能帮你、陪你一世呢？

在复杂纷繁、变幻莫测的现实世界，一切都在不断地改变，事事都难以预料，只有依旧陪在身边的人，才最值得我们珍惜。他们不是理所当然的关爱，那是因为真心的爱。而爱不仅仅是相互凝视，而是一起朝着同一个方向，才会拥有无须多言的默契。这些爱，终究是我们生命中的一部分，是你我年老时能笑着回忆的珍贵的往事。

一切都将过去，没有人能在岁月的苍穹里划一道不灭的痕迹。不管你是意气风发，还是平淡落寞，都将归于历史的尘埃中而无处寻觅。

我们的每一个阶段、每一段路程、每一道风景、每一个经历过的人，都足够让我们的生命自成一种景致，我们才会逐渐地成熟，直至老去。

如水的眷恋终是阻挡不了岁月的脚步，匆匆一年，便辗转而过，如清风吹过岁月的流苏，在时间都去哪儿了的感慨中，渐行渐远。

这个没有雪的寒冷的冬天，蔚蓝的天空中一直有暖阳，我蛰居在滨海小城，就这样用柔软的心，与文字相暖，与朋友相聚，把喜欢的留下，把烦恼忘记，笑对过往，执一世欢喜，静静地，做独一无二的自己。

有你懂我，真好

午夜，一场细小到不易察觉的雪终是来了，你匆匆而过，薄薄的一层白也让冬天枯萎了的一切事物都黯然失色。让我所有的对冬天的期盼多多少少有了些归属，在混杂的尘埃里，你用尽朴素的洁白，为冬天最后的薤露唱了一曲挽歌。

二十多天前，还是去年的十二月，第一场细碎的小雪与晨露缠绵，安然地凝住了 2017 年最后的芳华。昨夜的零星雪意，便纷纷扰扰，暗流涌动，在无人的寒夜里开始守望 2018 年到来的芳菲。在鸡年最后的时光里悄然地风靡，绽放，虽然很细小，但是这雪在 2018 年最初的岁月里淡然地凋零，残败，落寞，却也从容，真是非常惹人怜爱的。

丝丝寒凉点点沁入心脾，深深地浸润着我不安的心，潜入睡梦，并悠扬在嘴角微微上扬的最美弧度里，是这般的轻松自在。

这一年，我和你邂逅在你最才华横溢的时光里，你的才情让我钦佩，你让我确信外太空还有人类，关于你的周遭便是我眼中的世界，我装作不在意地与你嬉笑嗔骂，掩饰自己就要溢出来的对你的深情。

暑往寒来，花开花落里，我的心为你倾注，恪守，不打扰你，远远地看着你安好，把你时刻留在离我心头最近的角落，在记忆的最深处留住你的旧时光，便已足够。

你在早春，为我留住春天的轻语；你在酷暑，给我带来夏日的悸动；你在金秋，与我守护彼此的心灵；你在严冬，让我沉浸在你鼻息、嘴角和耳畔，还有你满怀的温柔。

感谢与你相识，这段最美的单纯日子会一直在我心中驻足、闪烁。我们不用顾忌，每天都在用不加修饰的措辞轻松地交流。

是我们的懂得，也是我们的缘分，更是我们心间绽放得一场花开，是只属于我们两个人的人间最美四月天。

人生一世，又有谁不期望握紧来自心灵深处的这份懂得呢？又有谁不渴望拥有相知相惜的情人？谁不希望灵魂被唤醒？谁不想邂逅能彼此心动的尘缘……

我们之间的懂得，是源自心底的理解与感应；是一句话两个人不假思索就能脱口而出的默契；是众人中能一眼认出彼此的神奇；是相生相克又相见恨晚的相逢不语；是一日不联系如隔三秋的朦胧心怀。

此生有你的懂得，还有什么奢求呢！有你的懂得与守护，就是最好的拥有。

你懂我的样子，我懂你的感觉，我们在红尘中行走，幸运地相遇，因为有你，从此不再艳羡人间春色，愿与你一起挥霍光阴，虚度年华。

懂得，虽然姗姗来迟，却惊动了你的岁月，惊艳了我的时光，有你懂我，真好……

借吵架的壳，撒思念的娇

这几天朋友圈似乎没有别的话题了，就像几天前的电影《芳华》一样，现在又在铺天盖地地讨论电影《前任3》，看了影评，犹豫着去不去看，真怕我这颗善感的心在电影院里不管不顾地崩溃。同学联系我："走啊"，我傲娇着："我才不跟你去呢！我才不让你看我哭得稀里哗啦的呢。"

怎么办？只好偷偷地一个人去看了。果然，笑中带泪。

笑是刻意地搞笑，泪却是生活中自带的不堪回首的来自心里的悲哀。

有情人终成前任的故事，总会让所有的人百转回肠，心酸眼湿，有多少人其实非常后悔，怎么当时或是可以挽回的时候，却没有说出心底最真实的想法呢。

电影中的孟云与林佳在一起五年，非常相爱，却因为一点小事吵架，冲动之下说了分手。于是，林佳从孟云家里故意制造声响地收拾行李，要搬出去。其实孟云一点儿也不希望她走。偷偷瞄着她，却躺在沙发上内心凌乱。

他以为她爱他不会走，她以为他爱她会挽留。

很多相爱的恋人就是这么变成前任的吧。都不退让，都不主动，都等待着对方去挽回。都固执地沉默地站在原地等待，又怎么能让爱恢复如初呢？

彼此深爱的两个人，在感情里真的笨拙又任性。在沉默中渐行渐远，回不去了……

电影里演绎的另一对余飞和丁点其实是向对方坦白的。坦白之后，这对恋人也分手了。什么都坦白：她删了他手机里的女友们，她跟富二代出游；他大腿的文身是初恋女友的名字，他和三男三女轰趴不回家……

坦白也成了感情的死穴，会把爱置于死地。坦白的那些话、那些事就像一根刺深深地扎在心里，拔不出去了。

我有一个男性朋友小白，他与妻子少时相爱，有情人终成眷属，婚后生下一对双胞胎儿子，日子安稳甜蜜。

小白对妻子没有秘密，两人在一起交流时多次对爱妻说：我有一个女友，但是我保证我们没有任何事儿，只是她一旦有任何事情，无论何时何地，我都会第一时间过去帮助她。妻子虽然默不做声但也表示理解。

几年前，非常相爱的两个人离婚了。离婚后，变成前任的妻子说：这么多年，你确实没什么毛病，但是，你一直对我说照顾女友的话，压在我心里，成了心里怎么也过不去的坎儿……

张爱玲的《红玫瑰与白玫瑰》里面描述：娶了红玫瑰，久而久之，红的变成了墙上的一抹蚊子血，白的还是“床前明月光”。要了白玫瑰，白的便是衣服上的一粒饭粒子，红的却是心口的一颗朱砂痣。

但区别是，什么都不说的，就可能彻底成了前任。而什么都坦白的，你也应该站在对方的角度考虑一下，是否应该什么事儿都向对方坦白。

相敬如宾固然不错，但有时候能吵架真的是好事儿，至少两个人还在沟通，这样就还有希望。就像电影里，咱们看到的是歇斯底里的两个疯子一样的恋人在电话两头嘶吼：你混蛋、人渣、你对不起我，你赔我青春！其实，这就是借吵架的壳，在撒思念的娇。

感情里最怕的就是沉默不沟通。感情里最怕的也是坦白。

世界这么乱，你一转身，爱人就不见了。如果确实是真心相爱的，就不要放开手。千万别把那个你视若珍宝的人扔在路边，让别人捡走。

如果真心不想失去他（她），不管对方是否有跟你一样的心意，也要去告诉他（她），让他（她）知道你真实的想法。

两个相爱的人相遇，靠的是缘分。而相处，靠的是诚意。这样，才会避免与相爱的人分手而带来的遗憾。

在城市、在海边、在山林、在耳畔，你生活中的每一个角落都有他在身边的回忆，你做的每一件小事，他都陪你做过。

如果你满脑子都是他，就给他打个电话吧，就去找他吧，哪怕去吵个架，也要对他说出你的爱恋。

愿所有相爱的有情人，都能够修得圆满。

爱是非常喜欢

表白时，有的人说：我喜欢你。有的人说：我爱你。电影、电视剧上是这样演绎，书中、网络中更是如此描写。

想起以前不知听谁说过：喜欢是淡淡的爱，爱是深深的喜欢。这样的表达太唯美浪漫了，让人常常把喜欢与爱混为一谈。

可是喜欢跟爱是不同的，不是所有的喜欢都是爱。

一个人一生中或许经历过很多次的喜欢与被喜欢。但“爱”不同，我们多年以来一直强调，这是个神圣的字眼，只有心里真的认定的人，才会义无反顾地说“爱”。

如果有人说喜欢你，先不要枉自高兴，静心思考，他是喜欢你还是爱你，他或许只是喜欢你的衣扣……

昨天，在酒店看到有个男人在别人面前大声呵斥自己的女人，而女人怕反驳会引来那个男人更多的不满而选择默不做声，遂不解！于是，心里腹诽那个旁若无人的男人：这样就显示你有多能耐么？你究竟爱你的女人么……

爱，不是小肚鸡肠，爱，是解风情。

真正爱你的人会护你一世周全。

也许你喜欢着很多人，但心心念念的是那个让你记挂、让你思念的人；让你一直发烧还舍不得退烧的人；让你想着他就觉得自己无所不能的人。那个人就像是吹开浓雾的一阵清风，吹拂着你的生命，这便是爱，不是小小的喜欢，这是爱情。

真正的爱，不在意你是否温柔甜美，不在意你是否有物质或权力，不在意你是否矮穷矬。

我一直笃信：相识满天下，知音能几人。喜欢和爱亦是如此。很多人都喜欢你，但是，解你风情的人呢？

闺蜜曾对我抱怨：跟 q 在一起漂浮不定，但像火一样，很有激情。跟 m 在一起安逸稳定，但像水一样，很平静。我说：你爱吗？她语塞。

合适不是喜欢。

爱不是张爱玲笔下的华丽长袍，内里爬满虱子，满目疮痍。

爱是非常喜欢。

爱是你捂住嘴巴，也会从眼睛里跑出来。爱是春情融融，是一生最美的风景。

我爱你们，我爱人来人往

时间过得真快，一眨眼，公众号开了一年多了，一直想写个总结，对过去的一年有个交代，却迟迟不知道从哪里说起。

公众号是我的另一个世界，一直独爱的散文与诗在这里有了栖息之地，虽然稚嫩，但我对它们倾注了最多的爱恋。从关注者寥寥到现在的几百人，让我感恩又知足。

前不久，有个朋友关注了我，私聊对我说：其实这些题材都不是他喜欢的，这样的文章写出来似乎只是一些浪漫的情怀，既不使人哭，也不使人笑，过不久就会遗忘的。我知道，也更加珍惜这样直言不讳的朋友，因为我听到了越来越多的赞美与不知是否出自内心的恭维，正要飘飘欲仙，这段话适时地把我拉回了陆地。而这位朋友真正配得上率真两个字，就是这两个字，在当下这个喧嚣的尘世中是多么的难能可贵啊！

就像爱情里最叫人迷恋的，不是销魂而是缱绻；就像情意缠绵不忍分离又令人扼腕的，不是叹息而是惆怅。

我在自己的世界与文字里徜徉，我想象文字是另一个我，并代替我在不同的年代中轮回。在楚辞时代、在唐朝、在宋朝……我想，那一定是个愿意舞文弄墨的文人雅士吧，在那些丝竹管弦、诗词歌赋中也会陶然忘我、千金买醉的吧。

思想由不住自己的掌控，思绪开始穿越了……

从未后悔作为女人，虽然在表面上，我张扬又强悍，并且与出众、耀眼、娇媚、迷人等一干词相去甚远，而且从不羡慕那些不沾人间烟火的仙女，那就做个妖吧，那就开始修炼。

拥着仅存的遗世独立的真我，愿不平凡的灵魂，从此由内向外散发出恰到好处的香气，唯有懂得的人，才能嗅到的隐隐绰绰丝丝渺渺的暗香。

想象中，就这么度过诗歌人生，待到肉身已朽，修炼之后的灵魂依然在世间悠游。

选择爱着的，爱着所选的。如果，有醒不了的梦，我还坚持去做，如果，有变不了的爱，我一定去追，心甘情愿地作茧自缚。因为，我愿意独自一人继续在这里长途跋涉，与文字一起逆风独行，营造出梦中那个光影缭绕的世界，直到江郎才尽。

怀念儿时。夜来，我是听虫鸣弦乐滑入梦乡的孩子，梦中的世界，充满了神奇。

进入少年，我旖旎的青春中都是粉红色的气泡，都是梦想。

人到中年，于寒夜中与朋友围炉煮酒品茶。于春天来临之前，与知己在洒遍月光的没有暖气的小屋里谈文研墨，在诗歌中放纵。我们都在等待对的自己出现，都想拥着诗歌死在凄美的风中。

世上不如意之事十之八九，不必弄碎吧，有了诗文，就有了余音袅袅，韵味无穷。拥有这些，就已足够了。

时光总是太匆匆，如一片落叶从树上凋零的稍纵即逝，如一只蝴蝶在眼前飞过的轻盈优美。

伊娃之约公众号一年零三个月了。

慢慢适应季节和流年的辗转，把快乐和美好留下，在属于自己的轨迹里，记录花开花谢，记录这个世间的寒暖与悲欢，也记录着每一次的努力与坚强，每一天，都真实地活着。

坚持下去，才会有希望；坚持下去，才能够抵达想去的地方。

偶尔，在慢下来的时光里，与往事静坐，将一些美捡拾收藏起来，养在心中，就像冬天里邂逅的暖阳，使内心的岁月得到安宁，在似水流年中，我们用经历写出故事，最终，也成了故事里的人。

随着时光的流逝，我的公众号从襁褓中的婴儿开始直至敢踉跄着学步了，这些日子虽然变得模糊，但是记忆却是愈加清晰。

我庆幸，还好，我没走，还好，你还在。我与你们多是素昧平生的朋友，就是这个简单的遇见，在朴素的光阴里，在轻幽的过往中，如一片片花瓣从手中收获，满袖盈香。

我爱你们，我爱这人来人往，我知道，你们陪着我正走在通往春天的路上。

年龄的感悟

今天早上照镜子，我发现发间有一根白发。赶紧翻看，不是一两根了，有的发根是白的、发梢是黑的，有的白得刺眼，一直刺进我的心里，说不清的滋味。

是从去年还是前年？我的头上逐渐有了白发，动不动就发现一根，说来也是奇怪，仅有的白发并不藏在密密的发丝中，它执拗地在我的头上翘着，就在最显眼的地方向我宣战，似乎在嘲笑我好不容易才积淀起来的成熟。

这时候，我总是无奈地叹口气，毫不犹豫地把它拔下来。

其实，我的同学们有的早就有了白发，虽然不愿意承认，我们确实有了年龄上的恐慌。

今天，对着镜子怔了一会儿，最终还是没有把它拔下来。

怎么放任不管了？我还是我吗？

记得我上班之后的十年内，单位里都没有比我年纪小的。也不知道从哪年起，新入职的同事，一个比一个年轻，而我，工龄都可以与他们的年龄相比了。

微信找回了儿时的玩伴和同学，我们在一起说到好久不见时："咱们多少年没见面了，十几年了吧？不对不对，到底多少年呢？"

天呐，多少年？十几年还是二十年？那么，人生一共有几个十几、二十年呢？

等下，我几岁了？不知道从哪天起，我开始要算一下，再也没有了脱口而出就能说出年纪的时候了。

仔细想想，与我年龄相仿的同学、朋友，都一样的上有老、下有小，每天匆匆忙忙。他们有的是企业的中、高层，有的已经创业成功，有的是作家，有的在家相夫教子，好像个个都有三头六臂，他们手脚并用，忙碌又充实。

静下心来时偶尔会感到惊讶，天呐！这就是我们吗？年过不惑的我们吗？

可是，惊讶也只是小小的插曲，时光荏苒，生活还在继续。我们努力调整自己的步调，把日子过得有滋有味。

这些人，都是正在生活中奔跑的人。虽然忙碌，却把日子过得非常充实。

张爱玲说："对于三十岁以后的人来说，十年八年不过是指缝间的事。而对于年轻人而言，三年五年就可以是一生一世。"

二十岁左右的时候，怎么敢想象四十岁的样子？那得有多老呢！

现在的我们，悠然迈入了曾经无限拒绝与恐惧的年龄的门槛，平静中积蓄着精彩。

望着镜子中搜寻白发的自己，怔怔地放下手来，坦然接受了我的白发。

是的，我已经不再惧怕岁月，不再害怕老去，我只想活得更精彩，希望举手投足间，带着属于我自己的优雅风情。

张学友的《她来听我的演唱会》中唱到："四十岁后听歌的女人很美……"

其实，我们知道：我们都曾经很美，但总有一天会老的。

但是，容貌会衰老，美丽也会生出新的样子。

是的，我头上有了白发，但是，那又怎么样？

我始终相信，生活中终究还是会有一个完美的角落，总会在你身边出现。活在当下，时光且长，不管多大年纪，一切都来得及。

蓝色的思念

还没到十一月，天气就已经很凉了，太阳不知怎么也学会了吝啬，竟没有洒下一点儿温暖的阳光，我便在这有点儿不合时宜的天气里来看海。

今天的沙滩与两个月前迥然不同，没有了人声鼎沸，没有了喧嚣，只有我一个人，我却喜欢这样。于是，便静静地想：不是大海属于我就是我属于大海了。

此时的大海竟没有附势于阴晦的天气，就连一次又一次向沙滩冲刺的浪花也绵软无力得悄无声息，也许是怕搅扰了我这个海的女儿吧！

理了理被风吹乱的头发，思绪便像打开了闸门，随着波涛汹涌起来。您把我丢下已经整整八年了，八年来，我的思念一如这大海一样无边无际；八年来，我有太多的委屈要向您诉说；八年来，生活的重负压在我还很稚嫩的肩上，推着我不得不趔趔趄趄地去独立面对生活。这八年，我已经对大海产生了一种特殊的感情，虽然当我刚刚听到您被大海吞噬的噩耗时是那么怕它、恨它，也曾恶狠狠地咒骂它。但随着一瞬间的长大，我终于明白驾驭风浪的船长本来就是大海的儿子，而现在大海就是您的化身，从此一如爱您一样地爱上了大海。

于是，每每遇到高兴、迷惘和痛苦的时候，我便会跑来看海。一到海边，我便可以放肆地脱下鞋袜、自在地伸展四肢，不用顾忌在别人面前应保持的女孩子的矜持和端庄。您看见我了吗？如今，我已不再是那个扎着两个翘翘辫的小女孩儿了，在品尝了失眠的夜晚和惆怅的日子以后成熟了许多许多……

风大了些，海面躁动着，是要涨潮了，浑身觉得冷，大脑也被思绪搅得木木的，鼻子发酸，泪也就像波涛一样滚落沙滩，我不再掩饰。于是，哭得像个傻瓜。

泪眼朦胧中，看见远远的一个人脱了衣服要游泳，下意识地竟觉得更冷，心情倒是平静了许多。抬眼望那游泳的人已游出了很远，以至于只看到一个黑点儿在巨大的浪花中拼搏，更觉得在大海面前，我本是一个小小的我。

“每个窗子里都有一盏灯，而每一盏灯下都有一个故事，或喜怒哀乐，或悲欢离合。”愣愣地又想起琼瑶如是说。

思绪像是一只海鸥在海面上自由地飞翔，思念像是浪花融进了茫茫大海一样奔流不息。该回家了，是啊，该回家了，可是家里却没有了您慈爱的目光，没有了……

思念在蔓延

这么多年了，就像一转眼。脑海里总是浮现出父亲的模样，似乎他从来未曾离开。

看到知乎上有一个问题，说哪一张图片，是你一直珍藏都不会删去的。

不少女孩都晒出了婚礼上的某一道不舍的目光和某一个落寞的身影。这个目光与身影，就是她们父亲的。是的，在这个世界上，有一种爱，亘古绵长，无私无求。这种爱不会因季节更替而变换，也不会因名利沉浮而终止。

可是，最爱我的父亲，没能参加我的婚礼。他在我十五岁那年离开，永远没有回来。那一年，我的父亲四十岁。

那一刻，我一下子就超越了年龄，彻底失去了童年，变得坚硬起来。

从那时开始，我的每首诗里就都有了一种淡淡的忧伤，直到潜移默化地变成了我写作的风格。

我的父亲，他在女儿的心里是无所不能的神一样的存在。他是国家一级航海航模运动员，在第一届全运会上因成绩优异得到了贺龙的接见并合影留念。没想到，这珍贵的照片还有了麻烦，“文化大革命”时期，红卫兵让父亲撕毁照片、批斗贺龙，父亲不肯，被关进了学习班……

他是单位里有史以来第一位从水手考到驾驶员、越过两级直接做了大副的人，三十多岁就当了船长，那时，单位时常会有长航任务，他也就常常风里雨里忙碌在外……

偶尔翻看父亲的照片，还有那满满一箱子的专业书籍、手稿、资料和他锻炼用的现在已经生锈的哑铃……恍惚中只觉得他不过是出了趟远门。他是船长，他不是经常出海、出远门吗？也许，迟早有一天，他会带着从外地给我买的礼物回来，笑盈盈地宠溺地把礼物送给我。

想起童年时，一次父亲在给我穿鞋的时候感觉到了地震，抱起我就跑；他带我去郊游，带我去游泳，带我坐旋转木马；给我讲述天上的星座，讲他船上的罗经和雷达，讲机舱里的领导叫老鬼，还说深海里面有皇宫……

一路走来，我的脑子里闪过的都是父亲陪伴在身边时的快乐。

闲暇时，习惯了一个人在静静的夜里听一曲老歌，那些是父亲多么喜欢的歌啊！走心的歌词瞬间就会打动我，每到这时，疲惫的心就会涌出柔软，而我平日里戴着伪装的面具的脸，早已泪流满面。

如果这些都是成长的代价，我宁愿不要长大。曾经的我多么习惯地被宠着被爱着，但从那时起，没有了……

原来心痛是这种感觉，就像身上每一根细弱的汗毛都会变成钢针，密密麻麻地顺着毛孔扎遍全身……

等了几十年了，父亲经常会出现在我的梦里，想起那一年我拽着父亲的衣角、摇晃着他的胳膊，依依惜别，竟成了永别！不可逆转，又无力言说。

无法逆转的别离，就这样突兀地横在我面前，必须接受，咬着牙接受。

世间轮回更替，渺小的我无法留住所有这些稍纵即逝的时光，那些看不见的爱、那些有温度的爱，都真切地存在。我一直坚信，在天上，有一双眼睛在星星的掩映下，一直注视着我。

我的回忆看得见，我的思念摸得到。我的久违的一火车的家常话和孩子气的撒娇都封印在光阴里，再也寻找不到出口。

我明白，活着的每一天，都是弥足珍贵的。父亲离去的十一月四日，我在内心拒绝到来的十一月，思念在蔓延。

遇见孤独的自己

晚上跟朋友吃完饭回来，慢腾腾地走到小区，小区门口没有刚才繁华街景那么炫目闪亮的灯光，有些看不清的昏黄的路面让我心里莫名地气短，明暗悬殊的反差之下，眼距有些调整不过来，突然感觉心无所恃。抬头望去，楼上那个黑漆漆的窗口是我的。在门口掏钥匙，掏了很久，急得发慌，生怕钥匙被我这丢三落四的糊涂虫乱丢乱放，就没地儿可去了。

在急躁中好不容易打开门，冷冰冰的空气扑面而来，所有坚强快乐瞬间被击倒，觉得胸口发堵，心中愈加微凉。甩下鞋子，扔下包，脱掉从早上到现在把自己包装好的盔甲一样的外衣，洗了好久的澡，终于暖和了一些。

用毛巾擦干了头发，在屋里就像困兽一样地溜达，不看电视，不想收拾，躺着开始玩儿手机。手机上的游戏都是最高级别了，没有挑战的欲望。百无聊赖，想作妖、想闹腾、想气人。辗转反侧间，真想任性地给某人发去消息，打开对话框，犹豫着写什么，又怕突然蹦出的心事会吓到自己，赶紧退出对话框，慌乱地抚平心绪。那就随便找个人说说话吧，却发现，真想找个人说话的时候，却不知道该找谁了。

打开音乐，选来选去还是选择了熟悉的有些伤感的曲子，虽然是听过千百次的旋律了，但还是轻易地就被打动，也许是深夜适合矫情吧，默默地、没有缘由地流了泪。

心里一直都怨恨自己，这样的自己什么时候才能改变、才能成熟？总这样有意思吗？好没出息啊，一直告诫自己不许善感、不许哭，却始终管不住自己。这时候，我多数会学阿 Q：反正我一直都没出息。白天和朋友有说有笑，安慰起人来一套一套的，嘻嘻哈哈已经够了，还经常充当别人的心灵疏导师，苦口婆心地劝慰好友，即使在自拍、在合影里都是笑得最甜最美的那个人。在别人眼中我是多么英雄、多么无所不能。晚上了，不需要假装了，难过不难过又有什么关系呢？还是尽情做自己吧。

我在北方小城出生长大，心里对温暖的南方非常神往，也矛盾地在严冬等待春天，在夏日向往硕果累累的秋季。天黑得早的日子，觉得夜晚都是我的，在长夜里思维更加跳突活跃，与夜相拥，虽然孤独却也心生欢喜。天黑得晚一点的季节，觉得黑暗就不会那么久地笼罩着我，而我也不用一直都在长长的暗影里把情绪放大，把自己逼到死角，对黑夜心生畏惧。

总觉得自己有病、是异类。后来发现，所有的人孤独起来都差不多。经常在自我否定、自我怀疑中挣扎着不能自已。

今天在单位与同事分享一个有趣实用的小程序，他看着我的手机说："哇，你怎么这么多的群啊？"我仔细地看了一下，我微信好友通讯录五百多人，加入的群竟有六十五个。哪个群是我经常参与互动的呢？有几个是不管几时几刻就可以随时拨通号码默默听我倾诉的呢？

朋友圈越来越多的好友开始设置权限：好友只可以看三天之内的朋友圈。每每看到这种设置，心中便觉得愈加孤独。

小时候丢了一块喜欢的橡皮都能哭好久，现在，即使心口被人插了一把刀，还要强颜欢笑，还要说我很好，一切都没关系。

无论你多强势多骄傲，总是逃不过越长大越孤单的魔咒，越是长大，越懂得隐藏情绪保护自己。一生中的夜还很长，未来还远，哭过了就好，洗洗睡吧，明天依旧有新的太阳升起。

或许，我们简单却纯真的孤独才能建造围合出一个居心之地，以此留住那些时光与岁月。

或许，静默地伫立在小城海边空旷的沙滩上，才能听得懂夏日的喧闹与冬日的寂静，还有海的耳语。

其实，人生路上珍贵的好时光，就是用来感受的，在每一个还能感动的时刻屏气凝神，不说永远、不言聚散，感知光阴、感恩欢喜，寻找内心世界的安宁。所有的孤独都会成为悲喜历练，放下负累，以素简的姿态落笔于这一顶苍穹，方能遇见芬芳的岁月和最好的自己。

赏花

温暖的四月是花的季节，空气里开始弥漫着洋槐的清香，虽然也会柳絮四起，但是心情已经被姹紫嫣红的花包围了，什么都阻挡不了我要去赏花的冲动。

这些天，看到朋友圈里刷屏着各地的赏花节，看到户外活动的群里一直在乐此不疲地组织着踏青赏花、挖野菜……每每都让人蠢蠢欲动。

四月下旬了。北方。谷雨。

随便走在风景如画的路上，就会被纤巧的草绿色吸引，桃花开得正盛，一路绵延，不知是否十里？

那些先开花后长叶、我叫不上名字的树，还有迎春、玉兰，一起比着怒放，一阵风吹过，淡淡的花香也撞进了我的怀里。

我一直喜欢的樱花开了，樱花林里一直有人流连，三五成群的姑娘在树下自拍、合影，拍照技术好的还能拍出落“樱”缤纷的感觉，风一吹，花瓣随风落下的场景极其梦幻，让人如痴如醉，好生羡慕。

樱花的花语最是浪漫，它是爱情与希望的象征，代表着高雅、质朴和纯洁。

樱花林里的那几个年轻姑娘，纯净的眼睛熠熠地闪着光，还没有被世俗中的雾霾污染，她们有樱花一样娇艳的脸庞，她们的笑都像唱歌，叮叮咚咚地欢闹着、快乐着，绽放着真实又淳朴的美丽……

樱花的花期很短，一年中最美的时候也不过一个月。

美好的东西总是短暂，稍纵即逝，就像我们的青春，就像盛开的花朵……

掬一缕清香，让所有的芬芳沁入生命，在初凝无尘的岁月，让眷恋盈满，让心快乐地徜徉……

如若可以，我愿此生只做个赏花的人。有自己的花园，种花，爱花，松土，修篱。

我要的是幸福

幸福其实可简单了！我们做个决定，许个愿望：我要的是幸福。就可以了。

这么简单就能得到幸福了么？

其实，总有一些时候，我们对身边平静的幸福熟视无睹，却将一些负面的心情沉于一些被自我夸大的悲伤中。不起眼儿的细琐小事往往会因为自我臆断而被扩张为难以释怀的沉郁。

当我们幸福了，幸福也能传递给其他人。而接下来我们要做的，就是去做幸福的人！愿我们每个人都可以实现这个平实的想法：幸福。

非常喜欢也认同张欣的话：其实，幸福就是眼、耳、鼻、舌、身、意和成的甜面团，幸福就是一种感受，这种感受关闭了，所以才感受不到幸福，那也是不正常的。我们要让自己高兴，只有高兴了才能让我们拥有一切，幸福的秘籍就是高兴，高兴了才能好。比如，我们的夫妻关系要做到不争对错，关注点不要走入对错里，要常说“我错了”，关系自然就融洽了。

腊月初七的寒夜里，在有些麻木了的、感觉不到温暖的心里，一直都觉得生活很不容易，而生活中，也没有谁可以真正率性洒脱地过一辈子。总有一些言不由衷的话语，总有一些不够诚恳的行为，虽然不是要去伤害，却往往成为在意的身边人伤了心的缘由。追究的最后，不是填充了你我旧时光中的浪漫与空白，而是收获更多的失落和无助。

人世间除了生死没有大事。

这世间的一切，不会因为你的不解而变得简单和透明。不要抱怨，也无须苛责。谁能永远驻留一个真空的纯净境地，而不是这样一个阳光与阴霾同存的世界呢？只要可以保持一种泰然的平和的态度，简单又冷静地迎对，眼前的看不见幸福的迷雾自然可以一层一层地拨开。

我们要有智慧地打扫能量场，要从所有负面的影响里抽离出来，因为生气时破坏力真的很强。

很多真相，往往会潜伏于深深的底里，只是浮表并不易察觉。如果不假思索地局限于眼前所见，就可能走上南辕北辙的离幸福越来越远的反方向。

生活中，很多细琐的不足挂齿的事件会制造一些幻相去误导视听。那些或扭曲或美化的事实，会让不冷静分辨的人在不经意中失去理智的判断，误入歧途。

人总要学着长大，随着时光的流逝让心智走向成熟，才是人生的必然栖息之所。成熟之后与心智不匹配的不谙世情，只能被轻视，也感觉不到幸福。

心灵成长就是要觉察、面对、改变、止损、调频，调到喜悦高兴乐呵的样子。家庭氛围喜悦了，才是我们真正想要的。

潺潺水流最终要抵达大海，芊芊幼苗最终要长成苍劲大树，才顺其自然、合乎常理。如若我们的内心执拗于固执的想法，就无法成长。把那些无谓的困扰历练成为教训与经验，我们人生的历程才会更加有价值。

不甘和抱怨，不但对于任何事都是无补的，还会徒增烦恼，让人陷入畸形的自我慰藉。这世间，本没有一帆风顺的模板一样的路径。我们要的心想事成，梦想里面的内容，都有幸福。很多时候，真的需要置身事外，换位思考，站在客观的立场上去审视，才有可能洞悉真相，找到幸福。

这个世界是复杂的，五味混存。

这个世界是简单的，枯荣有时。

认真地用心生活，善待有限的生命，不要让昨日的沮丧带坏内心，抛开负面情绪，幸福就会来敲门，幸福就会开放在人生路径的两畔，温馨芬芳。

这个最寒冷的冬夜里，听着《我要的是幸福》，感触很多，情感的温度足够抵挡一切寒凉。

2018，让我来做个决定，许下一个新年愿望：我要的是幸福。就这一个简单的愿望。

邂逅

这个初冬，你独自乘着夜色，坐着每站都停的绿皮火车，奔赴依然花红柳绿的江南。

在清冷昏沉的车厢里，你落寞随意地翻看手机里的消息，久不发朋友圈的你，发出了个带着地址的小小感触，被我第一时间看到，心想：原来，能言巧辩的人在真心想倾诉的时候却不善言辞。

摇摇晃晃的车厢随着夜色逐渐安静下来，你坐在卧铺外临窗的折叠窄凳上，望着漆黑的窗外，毫无睡意，车厢里没有人走动，只能听得见自己的心跳，在“咣当咣当”的碰撞中，远离一段又一段的铁轨，心无所依。

人生永远是一个谜。我们不知道此生所有的遇见是否都有奇迹。但是，我们就这样在没有任何预兆之下邂逅，邂逅在那年寒冷的初冬，邂逅在不真实的夜里。静静地，望着与夜色相融的你发着光的眼睛，就像星星一样照进我的心里。

每一次脉脉相视，都有说不尽的话题。你知道黎明时便是我的目的地，我们开始沉默不语，明明没有缠绵的情意，却不知为何要惺惺相惜。

你打破沉默，严肃地问我：“风花雪月算什么？”我看着别处，缓慢又假装聪明地说：“算……成语吧……”于是，空气凝结成山峦一般的沉寂。

这是一个流行离开的世界，但我们都不擅长告别。

车窗外，黑漆漆的，偶尔有一丝光亮也向身后极速地飞去，眼中看不到景致，一颗心在随着奔驰的列车飞旋，似乎没有终点，不知向哪里去。

一直以来，我总是无意，总是不想惊动风，不想惊动雨。总向往着用岁月静好写出细水长流的诗意。人生大多都是这样吧！很多事情，有了不经意的开头，却永远没有结局。每一次都有新的迷茫，犹如天气，慢慢热或者突然凉。

多想以岁月为楫，荡起生命之舟，渡过彼岸，任风吹，任雪来，忘记世俗过往，活出自己，没有烦恼的自己。

那年那夜，一夜无眠，忘了时间。

车厢里的广播传来轻柔的提示：下一站快到了……列车开始减速，滚动屏上显示车内外温差 20℃，我下意识地拉紧又松开背包的带子……耳边，你轻轻地说："外面起风了，穿上大衣。"

北方的初冬也就是南方的秋天。站台上与车厢里是两个不同的世界。站台上，因为路基外围的银杏树，感觉到秋的味道渐浓，渐凉的风，渐深的黄。一如心底渐渐清晰的想念，只轻轻地微笑挥别，便有酸酸的不舍。

初冬也变得惆怅，凭空又添了几分寒意。轻捻半藏若隐的记忆，那年的邂逅仿若隔世，只一瞬，在他乡的流年阡陌，我们来过，却又远离。

始终相信，默契与灵犀是月下未眠的花朵，幽芳百转，不会疏散。

在黎明的车站里踽踽独行，对着晨曦的光影默念：待我回程、待雪舞北风、待梅开枝头，我们就会在冬天重聚。

烟火日子，也素，也淡，也欢。

我的城池，遗憾与疼痛都会散去。而那满目的欢喜终有一日会落在我诗歌的水湄，在新绿中生出温柔的花枝，与温暖低眉同行，安静着、圆满着。

亲爱的，早点儿睡吧

我是个名副其实的夜猫子。说来也是奇怪，我总觉得夜晚是我的，一到晚上，诸多的思绪袭来，白天不甚灵光、有些木讷的头脑到了夜晚总有火花闪现，眸波随着星光流转，不仅没有困意，反而总是熠熠生辉。

每次半夜翻看朋友圈，小小的点赞都能引起固定的几个夜猫子的回应，我们心领神会地调笑之后，往往会催促对方早睡，因为我们都知道，日复一日的熬夜，不仅仅对爱美的人的皮肤是伤害，更是对自己身体的不负责任。

我们身边，越来越多的人成为夜猫子，我们怀着侥幸心理在时间中挥霍，对这一切都觉得自然而从不在意。

记得小野在《自律力》说过一段话："那些熬过的夜，最终都会事无巨细地反映在你的身体上。"

许多人其实都是在自己的身体状况出现问题时，才意识到作息时间的重要性，才不再任性了，才开始仪式性地早睡早起的。

人就是这样，哪怕你就是至高无上的正确理论，也没人听你的，就像家里的父母与子女，爸妈的循循善诱，往往令自己的子女不屑一顾地腹诽为唠叨。直到义无反顾地碰了壁，才会明白：原来，爸妈不是唠叨，是经验，是想让子女不受任何伤害的爱意。所有的人都是这样，生命没有受到威胁，怎知道恣意任性的熬夜会像杀手一样在暗黑之下虎视眈眈地盯着你呢！

前几天午夜，朋友发来信息，说睡不着，说脑子里像放电影一样闪过一些嘈杂的画面与声音，挥之不去。之后就是心慌，心跳加速，对我说：是一种从未有过的濒死感。

我脑子里飞速想起作家王小波深夜因为疾病而骤然离世，又想到了几位作家朋友也曾写过因为经常熬夜突然晕倒的文章。

我慌了，我知道我们都是十年如一日的熬夜的状态，表面上精神焕发，实则身体早已进入亚健康状态，这几年感冒咳嗽也一直如影随形。

我不顾形象地冲出去，我真的害怕会失去最好的朋友。我们说好了的，要做一辈子的朋友。少了一分一秒怎么行。

凌晨三点，我看着已经躺在病床上脸色煞白的朋友，控制再三还是没忍住，掉下了眼泪。

结果出来了，医生说心慌是长期熬夜、劳累过度引起的早搏，嘱咐朋友一定要按时休息，定期检查身体。

我长舒了一口气。

我在网上查找熬夜的坏处，有一句话深深地触动了我：熬夜的人，是在拿健康作赌注，其实一开始就输了。

这一次的直面病痛，让我和朋友终于意识到不熬夜的重要性。

其实，我们都怕死，因为我们还有爱我们的父母家人；其实，我们都怕死，因为我们都有挚爱的朋友……

这个世界上，还有一个你最应该爱的人，那就是你自己，没有人比自己更重要了。

身体是自己的，如果身体垮了，什么写作、什么事业，完全没有了存在的意义。而你用熬夜换来的梦想成真，在失去健康之后，一切都会化为虚无。

别傻了，不要再为了那些所谓的目标去透支自己的身体，因为透支身体的后果就是在折损生命。

今年的诺贝尔医学奖获得者说：如果还想好好活着，从今天开始，就不要再熬夜了！

亲爱的们，不要熬夜了，请注意身体。好好活着，好好幸福下去。

今天开始，我要试着早睡早起。

在爱人转身之前，请拉紧他的手

今天是腊月二十三，是我们北方人过小年的日子。时间过得真快，感觉只是一个眨眼的工夫，冬去春又来了。这一年，你过得好吗？是否本来柔软却又假装坚强？有没有在深夜黯然神伤地藏起心事？是否除了假装还又学会了伪装？

有个平日里非常深沉内敛的好朋友这几天一直在向我抱怨：老婆霸占着工资卡一分不给，父母身体不好不闻不问，每天盯梢跟踪让他在同事朋友面前出尽了洋相，钱看得很重，每天为了钱争吵……他说：这种耗命式的争吵，真的好累。

如果钱可以代替一切，那就谈谈钱吧。

经常有人说钱很俗，但是没钱呢？俗不俗？谁也不能否认，钱是最有用的。有一句话印象深刻：钱不是万能的，但没钱是万万不能的。因为在我们每天的生活当中，真的离不开钱。

还常常听到有人说：钱是男人的尊严与胆量，钱是女人的脸面与安全感。钱更是物质基础，你看，现在的人是多么现实，择偶相亲也都是先看对方的经济条件，都想找到绩优股，少走些奋斗的弯路。不仅如此，就连朋友之间，都是条件相当的走得更近些，不知大家有没有感受到呢？

钱对女人的影响似乎更大，因为很多女人在乎的并不是什么品牌化妆品保养之后靓丽的容颜，而是钱给女人带来的那种内心的宁静和安全感。但有的时候，只想索取得更多，不站在与你相濡以沫的人的身边思考问题，却一味地苛责一直努力在外打拼的爱人，给他压力，这不是真正的爱吧！把控爱人与钱之前，应该先提升自己。

当然，钱是人生的动力。我们生活中要吃、要穿、要买房、要买车，还有不可避免的亲戚朋友之间的来往与各种婚丧嫁娶的随份子钱，你不挣钱，怎么能实现这些？有的人说确实是因为爱才去做这个生意或者工作的，那请允许我弱弱地问：你爱的工作，给钱吧？你如果不喜欢现在的工作，但因为你要生活，你还不是必须去么。

做人智商不高没关系，情商不高也问题不大。其实，除了医学上定义的弱智者，我们人与人之间差距又有多大呢？我想说：家人之间也要互相理解包容，说白了，你可以不聪明，也可以不懂交际，但一定要大气一些。大气点儿，家庭也会更加和谐幸福。因为你溢在脸上的笑容会让一切不开心都烟消云散。

最亲近的人之间也要一直珍爱与呵护，千万不要把爱随意地挥霍。

有了真爱就没有不能释怀的事儿吧。记住一句话：越开心，越幸福。

当你静下心来，你会发现，你的爱人一直在向前走，是你的停滞不前才造成了两个人之间越来越大的差距与你越来越强的自卑感。真的努力之后，你要比自己想象的优秀很多。

知道吗？当你真真切切在婚姻里走过，就会渐渐明白，爱意是可以一点点消散的，而失望也可以一点点积累起来。如果不提升自己而越来越喜欢挑毛病，全然忽视爱人对你的好，说从未得到过关爱、从未花过爱人的钱，你只会把他的心推得越来越远。

是的，这个世界一直在飞快地向前行走，丝毫不介意微不足道的你停下脚步。可你从未想过追赶，仍然把自己突然掉队的责任推给身边的人。

生活如刀啊！别等在外冲锋陷阵的爱人的心都凉透了、伤透了，才想起来曾经的爱恋与温暖。对自己自律，不是为了别人，正是为了自己，为了你也付出过一切的岌岌可危的家庭。

想起诗人朋友王永纯写的：“你附在枝头，沿着春天的方向，把自己开成一束花朵……”

自己提高了，还怕什么呢？爱其实很简单。

努力做自己

我的心里，时光一直在倒流，不知不觉间，经常靠回忆取暖，靠那些迟来的、闪电的幸福感支撑越来越低、越来越凹陷的天空，就像这几年天空突然出现的霾，让人惊慌、鄙视却无措。

面对时间的镜子，我已经来不及感慨，与其慢慢地把一首诗折腾成世人皆不明了的病句，不如趁早熄灭想法，让日渐干枯的草木穿过秋天的脚步，回归到山川大海。当生活把梦想修改得面目全非，与其向命运妥协，不如用自己尚存的力量，治疗心上那些打满补丁的疼痛。

都在感叹时光飞逝。可是，我内心不想过得这么快，我不想失去从容，还想用少女之心停下脚步，看看路边残存的花草。因为渴望和即将失去的，都在前面的转弯处等着，幸福和各种打击也一同都在那里等着。

随心所欲，我一直走，一直肤浅地走，一直坦然地走，其实我知道，我稍微一转弯，就能显得深刻，就会有人与我共鸣。

北岛说："我和这个世界不熟。这并非是我安静的原因。我依旧有很多问题，问南方，问故里，问希望，问距离。我和这个世界不熟。这并非是我绝望的原因。我依旧有很多热情，给分开，给死亡，给昨天，给安寂。我和这个世界不熟。这并非是我虚假的原因。我依旧有很多真诚，离不开，放不下，活下去，爱得起。"

是啊！我承认，我有很多问题，但是我依旧有很多真诚。

少时上班，不懂规则，沉闷的办公室因为我的年轻而有了生气，与我有关无关的工作都抢着完成，总觉得会让别人看到自己的超凡能力，乐此不疲。

我怎么会只是这样呢？我拿自己没办法。只好自我解嘲：是金子总会发光的吧……

其实，时间才是世上唯一的良药，淡然看清楚一切，才是不悲观并继续努力前行的关键。

其实，无论是困难也好、挫折也好，都隐藏着能让人成功的种子，那些困难与挫折，不但可以锻炼一个人的心智，还会使人更加强大。

仔细想来，也没有几个人一路全部都是坦途的吧。

磨炼就像苦药，吃了苦涩难过，但却能强身健体，它常常伪装成各种让人痛苦的事物，总是逼退你，让你想退避三舍，但如果你能勇于接受，那些磨炼就是一时的，而磨炼出来的心智是永远的，也许，成功就在不远处，只需要稳稳地坚持而已。

大家都在说：人生就像一场戏。当这场戏开始了，无论你碰到了什么插曲、撞上了什么意外，都必须把它演完，也许会磕磕绊绊，但是，一直努力才能获得所有人认可的掌声，这是唯一的方法。

无论你面对的是顺境还是逆境，这都是你的人生，当你面对困难、遭遇磨难的时候，就必须想办法克服，怨天尤人只会让事情变得更糟。

感谢一直磨炼我的人，是他们淬炼了我懵懂的人生，让我坚强不脆弱，让我不再逃避，一路成长，修炼得越来越像我想成为的样子。

我不是会发光的金子，我不是闪烁的星星，我就是我自己，还在努力中的、坚持做自己的自己，这样，挺好。

闲话孤独

刚刚翻看朋友圈，有朋友发的：我抽到的下月签是——转运。

于是，我一时兴起，也进入页面摇了一下手机，想着这类的游戏结果总是让人高兴的词汇，可是在等待三秒看卦书、等待三秒看运气之后，结果出来了——孤独。

我看着硕大的“孤独”两个字，有些茫然。

我们每天生活在人潮拥挤、看似热闹非凡的城市之中，你是否也会被孤独侵袭？你是否还记得那些像萤火虫一样的柔光？在一个人的夜晚，你的心是否会瞬间温暖？

而孤独是种怎样的滋味？

正好几天前看过一本书，对孤独的描述还印象深刻。

有位饱受孤独折磨的人这样评论说：“我不知道为什么人们以为地狱是一个很热的、着火的地方。那不是地狱。地狱是你被孤单地冻成一团冰的地方。我就置身于这样的地方。”

英国作家莱恩这样描述孤独：“它如同饥饿感，就像你周围的每个人都去吃了顿美味的大餐，只有你还饿着肚子。”

最令我折服的是林语堂的说法：“孤独两个字拆开，有孩童，有瓜果，有小犬，有蚊蝇，足以撑起一个盛夏傍晚的巷子口，人情味十足。孩童水果猫狗飞蝇当然热闹，可都与你无关，这就叫孤独。”

我认为，孤独不仅是个人的感受。我们置身繁华城市之中，怎么却又仿佛被困在一座孤岛上？

倘若我们不与另一个人紧密缠绕，是否孤独无依？那么，该如何生活？要是我们无法轻松地开口交谈，那该如何与他人相处？如果没有钱、没有权、没有美貌，我们如何摆脱孤独？我们是否应该依赖科技能让我们彼此靠近？还是科技终会将我们禁锢在手机、电脑的屏幕后面，而愈发孤独？

我想，不仅仅是我们这些普通人，即使是英雄人物、艺术大师、达官贵族也曾有过孤独与痛苦，也曾经历过难以言喻的焦灼，但不管是什么人，都有自己的方式去消化和摆脱，让孤独走远。

拿一些名人大师来说，从未消失的孤独感往往成就了他们。孤独，成了好事，孤独，正是一切创作的源泉。

孤独与渴望并不意味着一个人的成败，它们不过是一个人活着的证明。

我们都曾被这个世界温暖，或亲人、或朋友、或陌生人，他们在我们身边一闪而过，带给我们瞬间的感动和欢乐，那一刻，觉得生活是如此美好，以后都不会再孤独了。

其实，安稳简单的不带面具的生活，才不会使思绪紊乱到不知所措，不用轰轰烈烈，平和笑对遗憾，即使孤独，心也安。即使孤独，也该享受这份孤独中的恬淡。

我想，孤独抑或幸福，都在平常琐碎的生活中，也不过是每天遇到的一个词汇而已，又有什么关系呢！

诗歌，莫名的就是喜欢你

有人问我为什么喜欢诗歌那么久，还说：诗歌应该是年轻孩子的专利吧。

是啊！我知道，虽然诗歌比较小众，但真的仅仅是年轻人的专利吗？不禁有些茫然。

喜欢诗歌，真的很久了。其实，最开始是纯粹的热爱，没什么理由，就像在人群中邂逅了一个深情的目光，看着它，就从心底感觉到温暖。

后来，就上瘾了，看到什么就开始写，然后慢慢地形成自己的风格。记得年少时，全国正在学习张海迪，我写了首《玲玲姐，我扶你走一走》（张海迪小名叫玲玲）获得了全国的大奖之后，就激发了我写诗的信心，从此便一发不可收拾，虽然没有多大的长进，但喜欢诗，喜欢写诗，已经成为我生命中的一部分了。

现在，依然如此。在我们生活中的每刻、每天，都会有不经意的悲欢喜乐，只要有了感触就会有感而发，也许少了最开始火一般的热情，但多出来的便是细水长流般的喜爱吧。

我觉得我身边的每一个人，以及我遇见的许许多多的人都值得被记录。

而我，恰好喜爱并愿意做那个记录者。

一个小小的心事，一次落寞的心情，一场浪漫的花雨，一袭飘舞的雪花……

独自静坐着胡思乱想，放眼窗外，簌簌的叶片在风中摇曳，这个季节，没有闪着翡翠的光芒的叶子，竟也有一种落败的美好。

我喜欢与诗相关的一切寂静的风物：喜欢你是寂静的，我便是寂静的，世间的遇见都是寂静的、流淌的诗。

与诗相伴，逐渐明白了不必精彩纷呈，只求简单纯粹。

与诗相伴，我们从来不缺美景萦绕，并且拥有了一颗简单柔软的心。

与诗相伴，就像生活中择一条幽径，信步缓行，静静地聆听大自然天籁的跫音，为了一株顶着霜的小草，心生感动；为了一抹新绿，笑意盈盈。

初冬，吹来季节的低语寒风，寂寥的月色，潋滟着诗意的朦胧。

今生，泡最平淡的茶，写最打动人的诗，爱最真诚的人。用一颗恬静的心，活出温柔与柔软。

每次感动的时刻，我的眼睛都会湿润，我的嘴角都会上扬。

诗歌，已经融入我的生命，在不经意中，成为我的另外一门语言。

因为诗歌，我可以更好地和自然界中的一切交流；因为诗歌，我可以和不同的人交谈并成为挚友。

如果还有人问我，诗歌是什么？我一定会说，它是我的一本厚厚的心情日记。

如果我写过的任何一句话，走过的每一段或崎岖或笔直的路，拍下的每一张照片，做过的任何举动，曾在你的心里荡起涟漪，那至少说明：在逝去的岁月里，我们在某一刻，共同经历着一样的情愫，是诗歌带来的别样的情愫。

有时候，虽然你我素未谋面。

诗歌却让我们相识很久，很微妙，很知足，很喜欢。

感谢路过的微笑，爱你所爱，无问西东

严冬，带着蚀骨的寒凉，带着空旷的忧伤，带着繁华落尽后的萧瑟，悄然又迅疾地来了，没有一丝声响，真实地站在我们面前。

漆黑的夜里，它对着每家每户或明或暗的灯光，或发狠或发呆，让它的寒风使者对着冷冬发出声声叹息……

慢慢地懂了，人生其实就是一场旅程，一路行走，有顺境也有逆境，而伴随着我们的岁月就像是一本典藏的书，上面写着人生的百味，也记录着尘世的沧桑。

在人生的旅途中，我们每个阶段的故事与故事中的心路历程，有的已经随风而永远地逝去，有的却一直烙在心里，烙在了因为疼痛而流过的泪光里，烙在我们不得不继续努力坚强下去的日子里。

这种心迹，五味杂陈，无法言喻，这大概就是人们所说的：人生如戏吧。

其实，每个人都有自己的想法，都不愿意接受凡尘的约束，不愿意被俗务扰心，但生活就是这样，有谁又能真正地做到像梅兰竹菊那样的不争宠，在胆敢称为无悔的岁月里寂静生长，每日醉饮日月精华，不惧光阴仓促，无谓生命长短，兀自旖旎了日子，兀自凋零了岁月呢。

其实，除了喜欢冬天的雪，我是很怕过冬天的，因为那种深入骨髓的凉，总是使我暖不过来，身心都在瑟瑟发抖。

冬天的那种颜色界限不清晰的灰蒙，总是让我莫名的感觉心情也被蒙上了一层云里雾里的霾，挥之不去。

大家都说：冬天来了，春天还会远吗？每每听到这句话，我都会忍不住地想：他们大概也是跟我一样希望冬天早点儿过去吧，要不怎么会有阿 Q 一样的热烈的祈盼呢！他们大概也是跟我一样，想波澜不惊地度过这寂冷的漫漫冬夜吧……

从春暖花开时的灿然挥洒，到凄冷萧然的落寞孤凉，一路旅行，走得久了，走得远了，走过歧路也走过泥泞，慢慢地明白，这些都是人生中宿命的安排，容不得擅自更改，或精彩或平淡，都会一样地走到尽头。

一路上陪伴着的人有很多，有的人陪着你走过了青葱韶华；有的人笑看你与幸福相拥；有的人为你低眉浅笑；有的人把多少心事藏在心中。走吧，一直走到最后，又有多少人无法陪伴，走着走着就散了，又有多少事都付笑于风雨之中，都随了落花流水，就像今天这严冬，一切沉寂，一切落寞，无影无形。

在复杂纷繁、变幻莫测的现实世界，一切都在不断地改变，一切都难以预料，可是陪在你身边的他们，哪怕仅仅是阶段性的陪伴，也是你此生最应该珍惜的人。

如果这个人，记得你所有的喜好，在意你心中的感受，惦记你的口味与冷暖，在早上催你吃饭，在晚上为你熬粥，通过这些平凡琐碎的小事，就知道，他的愿意付出，其实就是爱。你也成了幸福的人。反之，有的人虽然让人心心念念，却总是让你失望流泪，离得太近了就像两只抱团取暖的刺猬一样相爱相杀，遍体鳞伤了。

只有灵魂相通的人，才能看到彼此心灵深处潜藏的内涵，才能心心相印地一起平淡地尽赏平湖秋月的静美，一起走过烟笼寒水的薄凉，一起读懂彼此眼里的想法，一起牵手看尽人生最后的繁华，一起笑对生命的终点。

生活中的一段段笑话，一件件礼物，一次次黏腻的撒娇，慢慢地，当依赖变成了习惯，蓦然发现，已经你中有我，我中有你，越来越离不开了。

也会时常臆想，如果在早一点儿的春天，如果在野花没有盛开的山口，如果在没有快餐的铺着老旧青石板的小巷，如果在扑打着海岸线的沙滩，在单纯的、心陌空白的梦幻中遇见你，我是不是就能够全心全意地接受你的到来？

其实，我们已经为彼此做了很多，互相疼惜已经足够。

我知道，你一直笑意盈盈地在我身后停步驻足。光阴的对面，或许没有永远，却还有用共同的经历写下的铭记，让我们来怀念曾经的一段珍贵的往事。

你知道吗？真正能够懂得的人，在迷茫时会给予你方向，听从内心，爱你所爱，无问西东，此生真是可遇而不可求的。

寒冷的冬日，我感谢路过的所有的微笑……

秋天来了

走过了春的明媚，夏的繁盛，还没来得及多想，转身，便与秋天不期而遇。

夏天走了，秋天来了。

秋天，早晚的空气中已经有了一丝凉意，这时候的太阳又大又晃眼，但阳光仍然是金色的，温暖而又舒适。

总感觉秋天很短，它明明是一个收获的季节、是一个喜悦的季节、是一个完整的季节，却经常被当作是过渡期，轻易挥霍的、被浪费的季节。

这时候，秋天就像喝醉酒的晚上。一切还未开始，一切又都已迷迷糊糊地就要失去了。

其实，秋天是最应该被认真对待的。

其实，每个季节我们都应该全情投入。

其实，秋天尤其特别。

秋天真的很短，短到一不留神就会错过。秋日不去看红叶，只能等待下一个秋天的到来了。

秋天是个不单纯的季节，相比前后的夏天和冬天，它既有酷热的秋老虎发威，又有“无边落木萧萧下”的落寞寒意。

作家木心说：“秋天，所有树在落叶前都‘疯了’，最后豪华一场，不留遗憾。在这同一个场景里，神奇地包含了死亡、生动、疯狂、安详。”

秋天，我们也一边失去，一边成熟。

秋天，细小的叶子从嫩绿变得肥厚，变得墨绿，是叶子也成熟了么？这就要到该告别花叶、迎接果实的时刻了吧。

夏日的燥热消散，坐在秋日的午后，抬头看到旷远的天空，跟高高的天空对视，看树木繁茂的山坡，能让你跳出吵闹的生活去思考。是宁静的思考。

突然想起冯唐的诗：“秋天短到没有，你我短到不能回头。”

又想到最近网上流行的一句话：你永远不知道明天和意外哪个先来……

今天是个安静的夜晚，有着如水的月光。一阵秋风乍起，伴着微凉，徒增愁绪。

秋天，就像我面前的茶，半盏安暖，半盏清凉。

秋天来了，我真心地希望，每一片叶子都有好的归宿。

认真对待秋天吧。该好好生活了。

秋天的味道

秋天是有味道的，这种味道叫作思念。

秋天来了，天气微凉，这样的日子最适合思念，因为思念时，心里会充满无尽的暖意，就像太阳依旧灼热，让温暖笼罩着我，在仍然明晃晃的阳光下，风穿过枝头，穿透你遥远的世界。

一直以来，我以为最浪漫的事情，就是一个人跑很远的路去看另一个人，给他短暂的惊喜，之后又是长久的思念。

心里总是想，日子很多很远，我们来日方长。其实，我们有太多喜怒哀乐需要分享，累了，也需要有一个依靠的臂膀。如果想念，就放下手机，不要隔着冰冷的屏幕聊天，要趁着你还好，我还爱，在一起，见一面。

于是，飞越了几个城市的上空，带着热切，在这个秋光烂漫的午后，听到了你真切的心跳。

虽然到了秋天，树叶还没有开始泛黄，树影依旧婆娑，一如我们内心的火热。

秋高云淡，候鸟已经开始迁徙。因为思念，我们不想再擦肩而过，只愿惦记的人能和自己互道晚安，不再孤单，一生安暖。

浅秋微雨，打湿了我的思绪，嗅着秋季的味道，开始思念。

在深深的小巷，我们一起牵手走过；那轻柔的浪花，看着我们嬉戏；葱茏的树林，我们一起寻觅。寻觅远山的红叶、盛开的蔷薇，为了紫色的马鞭草和薰衣草如何区分，我们打赌谁输了就扮演小狗在前面跳跃……我们沉浸在互相依偎的柔情里。

真想把记忆永远定格在这最美的秋季，执一世长情，赋一腔真意，每一寸光阴犹如美酒，在浅秋地酝酿下，越发芬芳，温香柔蜜。

在多情的秋季里，倾注了深情，我们喃喃低语。夏还未走远，急性子的叶子就开始随着风儿翩翩起舞，在浅秋飘飞，在我的视野中化作羽蝶，缭乱了季节。思绪也在夏天的尾巷、在秋天的路口久久徘徊。拾起依然斑斓的落花，就能揽住花儿的一世柔情。

回望过往，那些清清浅浅的心事，也在秋风中阑珊，就像这手中的落花，和着柔风缠绵缱绻，一如我们心里的涟漪，在对方的眼中生根，挥之不去。

思绪一直随着秋风伸展，思念也随着秋风蔓延。手中的素笺，写着每个花瓣的相思，写着每片叶子地追逐，写着痴念的诗句。都不如你在身边，望着我的笑脸。

在秋天的路口，闻着秋天的味道，是地老天荒的味道。我们，一直在思念……

最眷恋是秋雨

一棵葡萄，爬在架上，把院子遮得严严的。密密的细碎的绿叶，数不清的一串串绿色的青果和一些开始发红的葡萄挂在头顶上，都被秋雨淋得湿透了。

于是，我坐在檐前，看秋雨淅淅沥沥地划落，轻轻的烟雾笼罩着小院之外更远处的楼宇，整个小城宛如披上了一层梦幻的面纱，又像油画中的江南翩然出现在眼前。

深深地吸一口清新微凉的空气，看雨。细雨轻柔飘逸，就像江南的女子，顾盼流连地在眼前的巷子里游走，不觉便滋生出缠绵的柔情，等着风的牵手，赶走孤寂。

于是，不曾搁浅的牵念在此刻苏醒。

张爱玲说："雨声潺潺，像住在溪边，宁愿天天下雨，以为你是因为下雨而来。"

细碎的秋雨，不停敲击着门楣，拍打着窗棂，顺着玻璃流淌，模糊了视线。在这幽静的时光里，思绪在笔尖上行走，已经沉睡的文字，没有喜悦或者忧伤。那些曾经的快乐与伤悲，在笔端滑落的那一刻开始，注定是我今生收获的绚烂。心中的灵感因为秋雨而浓郁……

岁月辗转，时光安然。

回想，春雨细腻，夏雨豪放，只有秋雨最是缠绵不绝，所以，我一直醉情于这惆怅的秋雨。

秋雨，有着"留得残荷听雨声"的美妙；秋雨，有着"山外小楼听夜雨"的惬意……

秋雨是丰满的，是墨绿的。草木也许还不知道季节要轮回，那些深绿的枝叶仍然显示出过分的、近于夸张的旺盛。

然而，还是有落叶也随着秋雨飘落，沁润了秋心，渲染了秋色，撩醒了记忆，沧桑了流年……之后，便从容优雅地老去。

醉在秋雨里，眷恋是秋雨。

喜欢秋雨，心里有种说不出的爽快；喜欢秋雨，心中的一切愁绪和忧郁都被秋雨冲洗；喜欢秋雨，钟情于它的飘逸与纯洁，迷恋着它的浪漫与美丽。

那飘飞的雨丝，淋湿了我过往的梦，回忆便轻轻散开，在绵绵的秋雨里……

静下心来发现，生命的旅途中，所有点滴都有千回百转。我们也在有得有失的岁月里与时光结伴而行。

在秋雨的柔情里，任思绪繁华到天涯。用内心轻柔的一角轻轻触碰，流失的岁月便在脉络里若隐若现。在指尖、在掌心，与光阴共舞。

走在秋雨中，闭上眼睛仔细品味，感觉着超然于美好，喜悦着雨中秋色的婉约和素静。

微风细雨中，仰着头，淋着雨，爱着你。

爱在今秋

也许，我今天记录下的所有文字都终会在秋的深处，如凋残的花瓣慢慢老去。可我始终相信，你是月色里居住的、我永远的爱人。

待浅秋的纹路渐渐变得稀疏，你还能依着微凉的秋雨，偎着风烟，轻扣我覆满落叶的门楣，一起共享缱绻与美好。

秋来的时候，我们一起看山、看水、看海边的夕阳，我们坐在星光满天的夜里等待晨曦。拾起一片落叶，你说："这叶子的纹理就像是我身体中的血管，盘根错节，无限滋长在你的身体里。"

你的情话让我失笑，也让我幸福。我相信，即使秋风薄凉，秋雨滴泪，秋月凝露，我也能带着莞尔的笑意，在你的怀里安然老去，与你一起鬓染白霜。

我知道，这流年的影像太长，我们应该慢慢安放。

秋天的风吹来，那些树上的叶子就开始瑟瑟作响，因为它知道，终会在一个深秋的日子里，与浓密又繁华的树枝脱离，饱满的叶子从绿意浓浓萎靡成枯黄，当水分被秋风吹干，仅用一个转身就为了风变得消瘦，并毅然离开大树，追随着秋风在飘摇的路上。

而光阴，从未理会秋天的情绪，而不舍的，只有我的思想。就像你我，分离的日子，思念在秋风中飞扬。

我眼中，你的背影从未走远，回过头便可见，有一盏心灯照耀，兀自芬芳。

在小草已经微黄的路上，捡起一袭落香，这是接近心的颜色，也是我们的故事过往。这些故事，在落香上、在掌心里流淌。

日子，在秋日的风中，思念，纯净又绵长。

其实，总有一个段落，会将尘世的铅华洗尽，又在这个段落让爱情生长。在这里，我的眸中盛开出万千欣喜，一如我在今秋的烟雨里等你，不会离去，没有感伤。

浅秋唤醒了远山的沉寂。轻轻地，我将窗子开启，看漆黑的夜空，看路的尽头，看转弯的街角……在窗前发呆，发现，你已经将柔情安放进我的呼吸，让我沉溺。

把零落的心事拾起，旖旎的风景在生命中蔓延。掌心与掌心紧握，我们醉在落花前。一起倾听，听叶子的声音，听小鸟在树枝上唱歌，听不知疲倦的蝉在嘶鸣。还有不知哪里吹来的动听的旋律，妖娆着你的晓月，我的眉弯。

我们在时光的彼岸一起倾听，我们在有限的人生之旅，永远怦然心动。

思绪飞扬，轻摇的岁月，季节交替轮回流转，今秋更是情意绵绵，皓月婵娟。秋雨细细密密，倾注了深情，渲染了时间。

诗人海子说：“今夜我不关心人类，我只想你。”

我们的故事，如校园里的吉他，轻轻拨弄就是心地呼唤。浅秋，微雨，茗茶，想你。今秋，珍享我们最好的青藤时光。

爱在今秋。短的是岁月，长的是深情，仰起头贴近你，你的臂弯里，有我的温度……

我们在最美的年华里相爱，真好。

九月，相遇浅秋

九月，悄悄来了，时光，匆匆离去。不经意间，秋天已经走到身边。

或许，远去的只是风景，或许，离去的只有时光，留在心海里的斑斓并没有走远。我的思念，烙在夜里，融在寂寞的心弦。

唯爱秋天，飘逸、静美，天空高远又湛蓝。这时，我与娇艳的鲜花合影，我因成熟的果实快乐，我为落地的叶子莫名地忧伤。

秋天的郊外，呼吸着四周清新甜美的空气，轻嗅着丝丝缕缕柔软的花香，那花香从田野曼妙着如蝶的舞姿，轻轻地飘来，悠然惬意地飘过来，在我身边徜徉。

幸遇！这美妙浅秋，这美妙的静雅时光。

九月，我喜欢来到海边，坐在沙滩上，看没有波澜的海水轻柔地为沙滩按摩，我喜欢被风撩弄的发丝在脸上轻拂，我喜欢木栈道外面的柳树叶被风吹到脚下，跳跃着滑落水中，一片、两片、三片……看水面淡淡地泛起波纹，一圈、两圈、三圈……圈圈在一起相依相偎，直到一起消失不见。我喜欢看透过树荫洒落的阳光，满地斑驳，眨着眼睛一样地闪烁，金光灿灿。

我还喜欢，漫无目的地站在小雨中，静静地，让洒着雨花的秋风，柔软地、潮湿地萦绕在我的身旁，让思念在心底、在湿润的空气中慢慢地氤氲，念念不忘……

九月，就在我心底晕染出最爱的玫瑰颜色。

仓央嘉措说："我行遍世间所有的路，逆着时光行走，只为今生与你邂逅。"

我在绵长的思绪中辗转，难道九月就是用来思念的？

上一次，我们萍水相逢，旋即转身，只怕错过，在前世注定的擦肩里，我们无法选择。

而我不经意的一瞥，分明看见你眼中的依恋。就在这个浅秋，你在如画的秋林里对我微笑，向我走来。相遇，感动却无言。此时此刻的秋风似乎知晓了我们的心事，没有凉意，温暖地吹过，吹过我的心，别样的情愫在蔓延……

幸甚！这美妙浅秋，这美好地遇见。

浅秋，因为你，便有了内涵。

我随意地在风中拾起一片落叶，把它举过头顶，望着那叶脉参差的纹路，深深浅浅，刚好能遮住我慌张的双眼……

九月的夜空是深邃的，星星们在迷离的夜中辉映，把荧荧的淡绿色的微光反射回树影里、小草中，每一朵花儿上都飘洒着它的光芒。

九月，我们在浅秋相遇。

静坐在九月，拢着浅秋的葱茏。在时光深处，我们静静地共享一卷诗文，半盏茶香。

执子之手，安然，素暖。

九月再见，十月你好！

秋更浓了，羞涩的花儿开始要收起裙摆，枝头的果实已经逐渐成熟。

时光，就是这样我行我素，不管你心中是否依恋，九月转身离开，十月悄然到来。

那么，就给生活一些仪式感吧，与九月来一场告别，敞开心扉去拥抱崭新的十月。

轻松说一句：九月再见，十月你好！

印度有四句极具灵性的话：无论你遇见谁，他都是对的人；无论发生什么事，那都是唯一会发生的事；不管事情开始于哪个时刻，都是对的时刻，已经结束的，就已经结束了；如果事与愿违，请相信这一切都是最好的安排。

十月，就是最好的安排。

人们总用金秋来诉说十月，金黄是收获的颜色。

是啊，稻田里金灿灿的稻穗，就像画家画的油画，它们因秋风摇曳生姿，从而比油画多了灵动。

再看，枫叶渐渐红了，各种果实挂满枝头，空气中都是甜甜的味道。

已经过去的九月，你的付出，结出果实了吗？十月，继续努力吧。

没有得到也不必伤怀，就让我们像个孩子一样吧，一心满载纯粹的孩子。不计较得失才能收获得到透彻。

十月，一起来风雨兼程吧，用优雅从容来面对生活的苦涩与甜蜜。

十月，七天长假来了。你终于可以开启计划已久的旅程。

暂别繁重的工作，远离压力山大的日常，所有自由闲暇的时光便是你独享的倾城时光。

十月是旅行的最好季节，没有骄阳似火，没有银装素裹，不冷也不热。一切，都刚刚好。

独自一人的旅程也可以多姿多彩。听难忘的故事，享受久违的感动，会发现另一个特别的、真实的自己。不管天气怎样，心中都会升起暖阳。

十月，中秋将至，团圆的季节。

一直以来的想念，不如付诸行动，跟随自己的内心，回家看看。团聚就是给思念的家人最好的礼物，让彼此都少一份记挂和惦念。

中秋，与家人在一起，话话家常，尝尝爸妈做的菜，才会心安。

十月，仲秋寒凉，记得添衣保暖。不要让冰凉的露珠滴在你的心头，寒冷的日子更需要温暖。

给你爱的人一条暖色调的围巾，一份体谅，一丝关怀，幸福满满。

十月，带着感恩之心，带着九月的鲜花，感谢一路支持与陪伴你的人。

十月，也要感谢你自己。感谢那个步履不停、追寻美好生活的自己。

十月，愿你有处可去，有人相依；

十月，愿你继续奔跑，活成自己想要的样子。

九月，再见；十月，你好。

中秋静夜思

凉风习习，皓月当空，八月十五，又到一年中秋时。也到了赏月、望月的季节了。

在房间里透过朝东而开的窗户张望，只见窗外倾洒着一大片淡淡的白，一轮皎洁的圆月已经挂在夜空中了。遥望这轮明月，多像年轻女孩子美丽皎洁的脸庞。走出屋门，来到露台。然后突发奇想，像个孩子一样顺着扶梯爬到屋顶，恍惚间就好像漫步于儿时的老屋天台，拾起了很多遥远的记忆。

听虫唱蛙鸣，远处一片灯火阑珊，看不清楚的是人的身影，远处的窗都散落在温馨零散的灯光中。

凝视明月，任凭夜风渐凉，拂动衣衫。咦？月亮之上，有些影像忽明忽暗，那是传说中的嫦娥么？那个寂寞惆怅，把彷徨的幽怨留在了曼妙的舞姿里，轻舞飞扬时才会遮住了月亮的光芒。

想着李白的《静夜思》，念着余光中的《乡愁》。为了清醒时“对月当歌”；为了酒醉时“邀月共舞”；为了“莫使金樽空对月”，望着自己的影子和天上的明月，想着这一幅幅栩栩如生的月下美景。看着漆黑的夜空中悬挂着皎洁的泻着清辉的明月时，几丝伤感、几许柔情、几多思念也随之穿越漫漫时空，将从古至今的情感串在一起，将远隔千里的人们紧密相连。

月亮不仅是圣洁的，同时还是不断变化的。月以自己的阴晴圆缺反衬出人间的阴晴冷暖，躲在云后时隐时现，更是演绎出了世上的风云变幻。人间有多少喜怒哀乐，它就有多少酸甜苦辣，世上有多少悲欢离合，它就有多少低吟浅唱。

很多时候，会觉得月是通人性的，尽可向它倾诉衷肠。否则，怎么会有如此之多的文人墨客于花前月下写出千古名句呢……

追溯到远古时代，人们就开始对月寄情，借月畅怀，只为直抒胸臆。中秋节，更是因为一轮满月，有了团圆的主题。于是，每逢中秋时节，家家户户都准备好了月饼、时令水果，斟满美酒，携手家人共赏明月，或思念至亲，或畅谈美好，或共述眷眷真情……祈盼丰收、幸福，是所有人的心愿。

每每中秋，更是想起嫦娥奔月、吴刚伐桂以及玉兔捣药等神话故事，它们使团圆的中秋节日充满了浪漫神秘的色彩。

每每中秋，在这青光明月下，和着轻风，看树影婆娑摇曳，影月相绕，此情此景，那尘世的喧嚣以及世事的不如意，在逐渐宽广的胸襟里变得淡然，悄无声息。

年年岁岁过中秋，今又中秋。中秋情也越加浓郁。

中秋之夜，月华如水，我如襁褓中的婴儿，惬意地冥想并舒展内心接受着月辉和星光的洗礼，在无我无言的玄秘世界里徜徉……

中秋皓月，凝望它的皎洁，和家人在一起吧，团圆是恒久的爱，亲情是无法割舍的牵挂，抽出时间团聚，把爱一世珍藏。

中秋，这如水的月光

“露从今夜白，月是故乡明”。“春有百花秋望月，夏有凉风冬听雪。”读着这些名篇佳句，不经意间，又到一年中秋夜了。

仰望天空，一轮圆月不知何时升起来的，早早就挂在了天上。大家都惯于形容月亮像一个银盘高悬在天幕上。我仔细地想了又想，却没有更美的词汇描绘这一年中最大最美的月亮。一直以来都不敢写中秋的月亮，不是没有感觉和爱恋，只是胆怯，那些古今中外描摹月亮的文字实在太多太美。我的文字，真怕是在别人的影子里附庸风雅了。

看着皎洁的月光如水般倾泻而下，给大地万物披上了或银灰或洁白的纱裙，呈现出一片朦胧。我坐在月亮洒下得朦胧里，抚摸着轻柔的笼罩在我身上的月光，闭上眼睛与它轻盈曼舞，任它的光泽缠绕着我，让我周身也散发光芒。

伫立在窗前，眺望。月是那样的清朗，它圆圆的脸盘，静静地望着大地，照亮我窗前的小路，凉爽的风吹来淡雅的清香，树梢轻柔地摇曳着月亮的影像……

中秋的月更明更亮，它的清辉到处倾泻，倾泻在大海中，倾泻在山坡上，还倾泻在像手臂一样伸展着的树枝上，使一切脉络更加清晰，让树下的小草在夜晚学会了发光。轻柔的晚风吹过来，清凉舒爽，不知哪里隐隐飘来的音乐，与夜晚相融，一起辉映着，使这轮唯美的月亮更加璀璨。

中秋之月，是在季节交替、凉寒渐起之时，总是会自然地带着情绪。这情绪有收获的喜悦，也有满怀的落寞与惆怅。

窗外的夜是沉静的，没有春天的妩媚，没有夏日的火热，只有落叶悄悄地缠着风，时而飘飞、时而落下，五彩的霓虹灯在中秋的月光下有些失色，枝丫上的蝉与草丛中的蛐蛐也没了激情，我的眼里，只有银白色的月亮。

一轮皓月高悬天穹，深邃的夜空广阔无垠，任凭时间的砥砺。

遥望中秋的月亮，把自己安放在寂静的午夜，泡一壶茶，望着月，静静地冥想。月光照在壶中，便盈满了一壶明月，把柔柔的月光一起斟进青花瓷的茶杯，苦涩中透着绿茶的淡香……

月影西斜，壶中的月光还在，一饮而尽，竟是虚无的凉爽，原来最绚丽的月光华丽丽地钻进了我的喉咙，照亮我的心房。

中秋，独饮一壶月光，聆听心之低语，怀揣着真诚，感受平静。

中秋，品味这炫美的、如水的月光。愿所有的人，花好，月圆。

金秋，这迷人的秋雨

天气突然转凉，窗外的风越刮越大，开始发黄的树叶不再依恋大树，它们在风中打着转。

一堆堆深灰色的云低低地压着大地。举目四望，树木好像即将谢顶，昨天还浓密的枝叶，今天就显得有些光秃了。秋雨来了，快速地剥下它们红色、绿色的衣裳。路边的树木阴郁地站着，让褐色掩住身上的皱纹。深秋已至。

秋天，是最多变的。前一天还追逐着夏天的尾巴，带着湿热的空气，转瞬间便成了瑟瑟秋风。

秋天总是多雨，最吸引人的除了美丽的秋色之外，就是那缠绵的秋雨。

这不，天气预报说多云的假期突然就下了一场雨。我没有躲避，撑着伞在雨中行走，任思绪飘飞，呼吸着清新的空气，车辆急急地从身旁开过，在驶过去的路面溅起水花。听着雨声淅淅沥沥，像小溪欢快地流淌，像婴儿咿呀地欢叫，像和弦轻轻地奏起。

雨中漫步，想起那年在南方的秋雨中，空气中弥漫着三秋桂子的味道，飘香十里。长长的小巷里处处能见到密密麻麻簇拥在一起的小黄花，而整个小巷都飘着桂花久久不散的香气。

秋雨潇潇，心中不免惆怅。岁月的轮回，让我们的心事也变得像秋一样斑驳，曾经在岁月里的得到与遗失都终会忘记，时光在悄无声息中慢慢远去。

风吹落的花瓣，是为谁在凋零的心么？拾起的落叶，就像拾起逝去的青春年华。

雨小了些，周围静下来了，只听见雨轻轻击打窗棂的声音，缠绵、温馨、轻柔地飘落，秋雨带走了心中的愁怨，是否带得走烦恼，抚得去心底的忧伤呢……

路上灰蒙蒙的，大地笼罩在一片迷茫的雨雾中显得格外的美丽。

秋雨，又小了些，开始了轻声细语，像母亲反复给我讲过的故事，又像是恋人间的窃窃私语。虫儿收起了歌喉，偷偷躲起来不敢鸣叫。只有秋雨清扬，如歌如泣。

风，绵软了些，带着深深的情意，伴随着秋雨，杂着一腔乡愁，一缕情丝，让人不知不觉就充满了遐想和思念。秋雨，娓娓道来，似乎拨弄了少女的心弦，诉说着浓浓的相思。

秋天不仅仅是收获的季节，也是万物凋零的时节，往往使人悲凉伤感，在秋风秋雨之中，也总是让人充满惆怅。但是，秋天没有了秋雨，就没有了秋的韵味，少一些愁绪，也就少了秋特有的味道。“年年岁岁花相似，岁岁年年人不同。”如果没有伤感，哪能有收获的快乐呢？

秋天，有寂寥、有明媚、有回味、有秋雨，才让秋天更加生动，更加五彩缤纷。秋拂去了夏的炎热，秋雨带来了丝丝清凉，让躁动的心归于宁静。

秋雨绵绵，带着凉意。假日中的秋雨也在提醒着人们放慢脚步。认真对待每一寸时光吧，时光也会温柔待你。

金秋，这迷人的秋雨。

最美的重阳，醉美的城

“秋菊飘香重阳至”，一年一度的重阳节已经近在眼前了。心里不由得想起了那句“人生易老天难老，岁岁重阳，今又重阳”的诗句来。

重阳节，时值金秋，如花般绽放，美艳动人。所以大家都说：最美是重阳。

农历九月还有着一个美好的名字，叫作“菊月”。放眼望去，公园里、田野上，金灿灿的菊花绽芬吐翠，或名贵、或平凡，所有品种都在傲霜怒放，那昂首的姿态，使风霜不再那么肆虐，让金秋多了神韵，更加美好，更加迷人。

“岁岁重阳，今又重阳。”最美的重阳，美在一份思念，美在一份景致，美在一份孝心，美在一份诗酒情怀。这份美，在与亲人的团聚中得以熏染和升华，放射出最真实、最朴素的幸福和光芒。

大家似乎都知道，秦皇岛最美的景致是在夏天。小城本来就是天然的氧吧，由于夏无酷暑、由于碧海金沙、由于原始植被、由于天然湿地……一直以来都是我们生活在这里的人幸福感指数不断上涨的原因。

大家不知道的是：这里最好的季节还有秋天。而秋天最好的日子，则是重阳节前后了。

金秋的小城，称得上云淡风轻，晴空万里，草碧树绿，花开满城，真有一种秋光明媚、秋色灿烂的感觉。

天是高的，是蓝的，云是糖果，是流动得洁白。温度冷暖恰好，气候干湿相宜。近郊走走，山林的酸枣树上结满了红色的星星，山坡上的草地，不知名的野花与更多菊花交相辉映，开得正香正盛。毕竟是深秋时节，即使在无风的日子里，白杨树叶也会轻扬着婆娑起舞，枫树是喝酒了吗？枫叶醉红了脸颊，让人陶醉，浮想联翩。

这几年的秦皇岛在变，在大变。鳞次栉比的小区、拔地而起的高楼大厦……一切都是崭新的感觉。以前，热爱游玩的好友们总是选择远行。我发现，从今年开始，越来越多地看到朋友圈经常晒的就是我最美的家乡。

好的美景，自然会使你有一份好的心情，而好的心情，又能让你更加充分地去体会、去领略秦皇岛秋天的美。

小城的美，美在她的历史，也美在她的现代。历史的美是拥有沉甸甸的山海雄关古长城的文化积淀，这里，保留着令世人惊叹称奇的古旧；现代的美是她拥有千年不老的少女北戴河，每时每刻都在涌现着的许多目不暇接的新颖，她就是具有无限未来与生命活力的我的美丽鲜活的小城。

我喜欢，在秋日的微风中，沿着海边绵延的延长线，向东、向西，漫无目的的散步；我喜欢，拿着登山杖、背着照相机去探寻没有开发的野长城，从内心享受那古旧和现代融合在一起的倾城时光……

金秋，美丽的小城，最美便是重阳。

我们相约喝一杯菊花酒吧，在“待到重阳日，还来就菊花”中品味等待，用那些温暖的、豪迈的、多情的诗句，将柔软的心晕染的莹润浑厚吧。

十月的小城，最美的重阳，醉美的城。

晚秋，那一团醉人的红

如今在快节奏又热闹喧嚣的城市生活，眼里似乎只看得清时间、名利、欲望。当季节转换，当一片片的秋叶随风悠悠地飘落，你，是否还会怦然心动？金色的晚秋，一年中最美的季节来到了眼前。

秋天已然降临，就不妨随着秋风将一切烦恼都扫去吧，静下心来，从一片小小的秋叶里，来领悟一场秋天的韵律、秋天的玄机吧。

虽已晚秋，秋叶依然傲立在枝头，银杏树上的叶子渐渐变得金黄了，枫树上的叶子渐渐地红透了，杨树叶、柳树叶也都各有各的特色，或枯黄、或深绿、或嵌着参差不齐的赭红色的丝线，将层林尽染，缤纷了万山。

近郊走走，山路、白云、蓝天，突然就在流动的美景中与一片枫林不期而遇了，它们就点缀在墨绿与金黄的有些稀疏了的植被中间，就像是一团团燃烧着的火苗。枫树脚下的土地并不平坦，它生长的地方有很多细碎的乱石，枫树就是在这有些恶劣的环境下，以地为基，以露为水，傲然生长着。

只说火苗、只说红色，根本无法形容枫叶红的层次。只觉得所有的与热烈沾边的红，都倾注在了枫叶上，现在是上午时分，叶面上还残留着尚未消退的露珠，使得每一片像是一只手掌的叶子，像在小心翼翼地托着造物者晶莹的泪珠一样……

斑驳的阳光透过枫叶，一束一束地穿过密密的叶子照进来，令人眩晕在这一片火红色的海洋里，以至于痴痴地饱览这些枫叶与流丹，忘了拍照，甚至忘了畅快地呼吸。

明净又高远的湛蓝天空里，片片热烈的枫叶纵然绚烂，却没有让人感到浮躁，它是经过生命沉淀后的真实与成熟，就像我们的人生，虽然看遍了世事沧桑，只要用平和来面对，就会让内心变得安然又强大。

其实，生命的绽放既可波澜壮阔，也可以静水深流。

霜降过后，枫叶更红了。与梅花颇为相似，天气越是寒冷，雪越大，花儿才会开得更加灿烂。枫树，原来也是傲骨的象征呢。

枫叶从春天萌发，秋天变红，历经风吹雨打，辉煌过后，等待自己的却是凋零。不由得想："生如夏花之绚烂，死如秋叶之静美"，说的就是这灿然的枫叶吧。

"霜叶红于二月花"，我爱这挨过秋霜、红得深沉又透彻的枫叶，爱这份褪去了稚气，飒爽于风中的火热。

起风了，在枫树下找了块平坦的石头坐下来，看着晃了眼睛的红色开始随风摇曳，还有部分枫叶从树上落下来，那些喝醉了酒的红色落在我身前、脚边，无声无息地叠在地上原有的叶子上，厚厚的一层……

晚秋了，那一团醉人的红色火焰，似乎在诉说着这一季的相思，演绎着秋天的童话……

深秋，渐行渐远

深秋轻轻到来，没有了旖旎的花海，却有烧红了脸颊的枫叶和漫山遍野落叶的海洋。

秋天是有着愁怨的季节，它的悲喜里藏着残月，藏着落花，藏着薄雾，藏着清冷的雨滴。

秋天是真实的，它直视着人间万物的凋零，冷静地面对着生命与整个世界地兴衰。

秋天，把身边的小路都染上了斑斓的色彩。金黄的银杏叶、火红的枫叶，伴着全身褐色褶皱又斑驳遍布的老树的枝干，一起装点秋天这首缠绵的歌曲。

秋天像海底的暗流涌动，缓缓地将我们推到了流年深处。它叫我们逐渐禅悟了宁静与豁达，望着海天交界处的晓月，又一并收获下皎洁的深秋的意境。

回想多年以前，我们正年轻，那时候，没有羁绊，却有大把朋友可以喝酒谈情、交杯引颈。我们说：秋天不要冷清，要激情！而不知不觉间，生活的重心悄悄回归转移，意气风发的我们，竟都少了为朋友奋不顾身的那份感性了。

于是，有多少次无助地坐在漆黑深夜里，身体里所有的感官似乎都丧失了功能。秋天就在我的身边被与世隔离了，那些被秋天的童话直接打动柔肠的欢颜呢？轰然使我的心情感到落寞。

人生是一场路过，生命是不断地行走，更是灵魂的修行。深秋的凋零也是为了酝酿下一场花香，没有凄凉的悲美，又怎会有春天的优雅丛生。

简单一些吧。也只有简单，才会在萧瑟的季节里生长出淳朴自然的快乐。那种清新的快乐扫走了天上与心上的雾霾，让阳光重新展开灿烂的笑容。

其实，应该感谢秋天带来得那丝怅然。它让我们逐渐走向成熟，慢慢学会珍惜。珍惜存在的每一天，珍惜身边的每一个人，珍惜每一份感情。

每一次花开花谢，每一次细数流年，每一次停笔冥想，都盼望：在我初学未入门的画旁，把心事写成诗涂在画布上，在画布上有一棵看不清年轮的树，而我只画了一片秋叶依偎在树的枝头，依偎在你的心上。

秋天，一路颠簸着即将离开。我知道，季节的光鲜与交替只是生活的一部分，而心里的美好一直都在，从未离开。

我在计算时间，走过了深秋，走过了严寒，走过了深秋街角的孤单，走过了冷寂，就会走向春暖花开，走向并扑倒在散发着泥土气息的娇嫩的新绿里……

深秋向晚，天高云淡，守着此刻静美的流年岁月，放下红尘里那些熙熙攘攘地纠缠，放下忧伤，平静从容地与秋天一起慢慢老去。

深秋，渐行渐远。

在岁月的长河里，我们的小时光安谧静好，一起在深秋，一起相伴左右。携手，轻轻走过，一直走过……

冬日里，我们相约

一直怕冷，到了冬季就自然而然地想宅在家里，自已也常常安慰自己，养生专家都说冬季适宜养藏，说是因为体寒，代谢减缓，人就会安静下来。是啊，能与自己对话多好，这不正是我所希望的嘛。

今天的天气很冷，我却破天荒地想出去走走。于是，来到略显瑟败的公园，鼻子尖儿都冻得冰凉，漫步于湖边，荷叶早已败落，哪里还有荷花盛装时的影子？真真地感叹：今夕何夕啊！

望着满池幽深的湖水，不禁心生黯然。此刻，树上只有麻雀嬉戏，那些有些名气的矜持的鸟儿早已没了踪影，就像是我们生命里的过客，不知归期。

初冬，东北的有些地方已是落雪倾城，我们身处的这个滨海小城仍然有许多的风景。

公园里，那些暮秋时还金黄的银杏树，终是凋零得只剩下枝干，而烈焰般的红枫也成了昨日的序曲。小路旁花池里的小野菊自顾自地开着，仿佛周遭的寒冷与它无关，默然孑立。不知名的树上挂满了红豆一样的果实，是相思豆吗？它们或不落风尘，或傲然于冠，领略群风，令人惊喜。

在寒风中冻得发抖的心一下子就静下来了，被这些平凡的事物击中，停下，慢慢回眸欣赏，仔细地端详身边的冬天，由衷地赞一声：美！

如果说秋天代表思念，那么，冬天一定是代表着回忆。

那年冬天，你穿着单衣远远地从彼岸赶来，只为给我一个大大的惊喜。

我们在落雪的寂静与漫长冬夜里，一起听暖洋洋的古典音乐，恍若在大雪覆盖中穿越回古代，在油亮灯火的炙烤下，在木屋里，透过格子窗细数晶莹的雪花，看风里跳舞的雪松。在舒缓的古典音乐的源头，有来自森林的泉水，有来自星辰的风沙，有来自你我眼中的情意……我们和猎户座一起打猎，在幽暗夜幕下潜行，我们把所有的天真塞满整个宇宙……

时光流转，冬天一直冷落，而我依旧在这里，捡起一片落叶，任瑟瑟缠绵的枝头，斑驳又萧瑟了这一季。

如今的冬天，又平添了几度寒意。轻捻前尘记忆，挥手间，仿若看到明年的丁香枝上，你在豆蔻梢头与我重逢。

冬日里，我们的小时光，一如往昔。

孤寂的长夜里，我没有急匆匆地回去，在冷清的公园慢慢踱步，而心里有诗在酝酿，我要把心意藏进浅浅的墨香，待雪落北风时，我在冬天等你，待梅花盈盈开满枝头，我们共赴一场温酒吟雪的约会。

往事如云，在这个百花凋零的日子，所有的美好都依旧萦绕在冬日里。

我的冰凌，我的海

时间进入了2018年，我们这个北方的滨海小城遭遇了多年未见的极寒天气，最低气温已经达到了极致：零下21℃。朋友圈里，朋友们都在晒下雪的照片，那些雪下得很美很大，可是这心心念念的大雪一直没有光顾我的小城秦皇岛。

因为天冷温度低，这些天早上起床上班就成了最痛苦的事儿。不想动啊！冷啊！下班之后也是窝在家里看手机，手机成了最重要的陪伴。手机里突然发现朋友晒得很多冰凌海的照片，一下子就被深深地吸引住了，不顾极度深寒，冲出去看海。

跑到东山浴场，发现了冰凌海美景，心里却觉得缺少了什么似的，又驱车来到北戴河看海。

到了北戴河的海边，竟有些挪不动脚步，完全被震撼住了！

你见过满是巨幅冰山、冰川、冰凌的海吗？眼前，就是无数随意堆砌起来的白色的冰块儿，小一些的就像手掌的大小，大一些的我可以把它比喻成半个足球场吗！薄一些的显得更加剔透，厚一些的任由我们在上面随便玩耍与逗留。

脚下绵延的海水断断续续地结了冰，失去了喧嚣，雕琢了海潮，把翻滚的瞬间凝固在海边，凝固了每一朵灵动的浪花。海天之间，也没见到大片波光粼粼的深邃海水，渔船都回到岸边避风，成群的海鸥与海风一起翩然飞起，掠过冰面，掠过礁石变身而成的一座座形状各异的冰山，它们此起彼伏地鸣叫着，似乎要急着唤醒这看似沉睡中的冰凌海。而远处的海浪，没有忘记一直向前涌动的使命，不断地裹挟刮擦着冰面，涌来又退去，退去时，又把浪花雪完美地留在岸边。

冰凌海是自然界巧夺天工的画作啊，这里有连绵的山脉，有不高却错落有致的雪峰，有大片的平原，有微微下凹的盆地，也有崎岖的冰谷……

看这浓密又晶莹的白，看这冷峻又幽深的蓝，每一眼都会让人沉醉；每一眼都会让人窒息；每一眼都会让人坠入梦境一样的虚幻。

它剔透又绚丽，在一望无际的海面上灿烂着，优雅着，妩媚着，明艳着。

带着或深或浅的冰痕，就像淡淡的笑容，又如犬牙交错，纠缠又狰狞着，在海面上开出了圆的、方的、五角形的花朵。一簇簇、一朵朵挤在一起，尽情地享受着极寒的天气，在大自然给予它的神奇生命里，超凡脱俗着。

细细观察，冰凌花的神态各异，不由得让我瞬间想起了小时候，每每冬天最冷的季节，一下大雪，房檐上、树上、晾衣绳上，都会垂下一根根雪白雪白的冰凌，开启一朵朵璀璨的倒挂着的冰柱，它们也是形状各异、姿态优美的。

那时候，往往趁着父母不注意，偷偷想方设法地敲下一根冰凌柱，先放进嘴里吸吸，又拿在手里把玩，瞬间把小手冻得刺痛又通红也乐此不疲，而那种透彻寒凉的甜丝丝的舒爽，那些快乐和惬意，至今还都刻在我心里，从未遗忘。

正值中午，太阳很大很低。在浪花雪与冰凌海上漫步，看到眼前高远的蓝天，发现身边也都变成了蓝色，是无限的自由带来的张扬的蓝色。

转瞬之间，暖暖的太阳缓缓地铺展，又把蓝天和白云镶上了橙色的边线，让我的心平静又安暖。

多情的浪花雪、冰凌海与日光一起潋滟，每一块冰面都有表情，每一捧浪花雪都有一个时光的故事。

就快要立春了。我知道一夜春风过后，这里就会冰消雪化，就要人声鼎沸了。

眼前这些冰凌花地盛开，算是短暂的美丽吧，这些铭刻心扉的美景会永远地绽放在我的记忆里，也会一朵朵地开在流年的时光里，跳跃着闪烁。

来吧朋友，来看看没有下雪却大片大片的浪花雪吧！

来吧朋友，来看看举世闻名的不冻良港那些被定格的绚丽的冰凌花吧！

来吧朋友，来看看这些只有在冬季才能看到的海岸奇观吧！这些奇观让北戴河冬季的海岸线变得格外靓丽、格外柔情。

等待一场大雪的到来

从季节的脚步踏进冬天开始，就在期盼着下雪了。

一转眼，大雪节气到了，而今冬也异乎寻常地寒冷，可是天空却未见半枚雪花飘落。

我就在海滨小城，一直等待一场雪的到来，一直等待漫天的雪花盛开。静静地坐在窗前，在这个岁月的尾巴，等一场雪，邀约好友，等一场雪，把心融化。

绿蚁新醅酒，红泥小火炉。
晚来天欲雪，能饮一杯无？

大雪在门外弥漫，室内与三五知己围炉夜话，想着，这大约是冬日最温暖、最幸福的事了。

冬天就应该有冬天的模样。

东北地区早就下雪了，看朋友发来的照片，在飞舞的雪花中留影嬉戏，看发梢隐隐沾染朵朵银白，一个个脚印踏出冬日的浪漫印记，那负重的枝头因为大雪而颤动。让我好生羡慕。

我的内心，在焦急地等待着一场大雪的到来。

在万物萧瑟的冬季，周遭的景致没有了花红柳绿的斑斓，似乎一切都是灰蒙蒙的，心境也不由变得暗淡慵懒起来。而有关冬天的所有美好记忆，总是与雪有关。

喜欢下雪，并不仅仅是喜欢雪花美丽晶莹的形态，更喜欢她不紧不慢从天而降得恬静优雅。喜欢她悄无声息地轻盈飘落，落在屋顶、落在树梢、落在山野。用自己洁白无瑕的身躯悄悄遮盖了冬天裸露出的狰狞。

喜欢下雪，还喜欢雪花的洁白轻柔，她不张扬，来也无声，去也无声。雪总是软软地落上我的发梢、凉凉地飞上并抚摸着我的脸颊。落在衣服上只要拍一拍、抖一抖，就会悄然落地。

好想，在雪地里打个滚儿、撒个欢啊，雪花就在身边斜斜地飘，簌簌地落，让人不由得忘记了尘世间所有的烦忧……

心里一直以为，柔和、舒曼的雪是有生命的。因为我曾无数次仔细观察，那一片片落在手掌上的雪花，她们初始时，总是散发着熠熠的光彩。就在我望着她的刹那，蓦然地就化作了一颗颗极小的水珠，宛如一滴眼泪，应该是天使的眼泪吧。所以，一直认为雪也是害怕孤单的。和众多的雪花聚在一起，她们的生命就能长久一些吧。

沉思中，一阵寒风袭来，寒风卷走我脚下的落叶，我满脑子想着雪，出现一片空白，内心竟然都无所适从了。

我想，现实世界中的童话就是下雪的时候吧！我将等来一场大雪，堆起所有的梦里出现过的粉雕玉砌的王国。

不下雪的日子，怎么叫冬天呢？

冬天没有雪，就像百花缺少了绿叶，总是感到残缺。

大雪节气，冬天没有尽头，我静静地等候，等一场雪，舞着融融的温柔，而大雪的身后，春天将与它结伴而来……

我在等待，等待一场雪，等待一场迷漫的、酣畅淋漓的大雪的到来。

姗姗来迟的第一场雪

今年冬至过后一直未见下雪，心里不免空落落的。

心里常常会想：冬天的空旷与寂静，甚至是萧条与寒冷，展现在雪中该有多么美呢！

没有雪的日子，灰头土脸的冬天，灰尘都匍匐于窗棂，哪里还有冬天的风姿呢？

今天气温骤降，天气预报显示又是晴天，心里不免失落，恐怕降温也是白等了。

没想到，惊喜来自晚上，十点左右，天空飘起了小雪花，细小的雪花，轻轻地飞舞着，从覆盖着黑灰色的天空撒下来，在风的吹拂中雪花斜斜地飘落，因为细小，落在地面瞬间化成水滴，马路上只是有些湿湿的，雪花轻轻飘着，它的舞姿是那样的轻盈，它的心语是那样简单、纯净……

细细碎碎的雪花，只是落在脸上感到了些许的清凉，其实并不能看清真切的雪，在路灯下，雪的影子清晰了些，橘黄又梦幻，一转眼，又没了，像是跟谁在捉迷藏。不过，地上真真切切地开始泛白，而雪花带来的丝丝清凉已经沁入心肺了……

这些雪都是伤心地把自己冷冻起来的雨吧！

雨先凝为霰，霰再变成霏霏的微粒，飞扬弥漫，成为了小雪。

雪就这么悄悄地，夹着雨的柔情，带着对风的思念来到了这个精彩纷呈的世界。

今冬，一直期盼并等待着一场大雪的到来，期待那绵绵的白雪来装饰我的世界，粉雕玉琢，皓然一色，等待大雪把黑夜的梦填满。

如果说秋天代表着思念，那么冬天就是告别的季节吧。

雪呢？雪代表了什么？雪，是不会忘记牵过的手，也不会辜负岁月给过的白头的吧。

初雪飘落，是安静与期待；

雪落无痕，是无声与留白……

所有美好的字眼都从今晚，随着雪花掠过，在时光中凝结成渐渐看不透的凝重的纯白。

最喜欢在下雪的时候，漫步在小路上，感受雪带来的不同的感受！

这是 2017 年的第一场雪啊，虽然不是心里期待的鹅毛般的大雪，但飞扬洒落、自由自在的一朵朵六角的小花，玲珑剔透，翩跹而来，如轻纱般，又似在空中织成了一面巨大的白网，悄然无声地洒落在人间，仿佛就是为了安慰我入冬以来心中一直的期盼，在年终岁尾，替我完成了下雪的夙愿，而飘落中的快乐和充实，也变得更加完满。

午夜了，小雪到来的兴奋使我无法入睡，索性出来走走。空气是清凉的，小雪清晰地、丝丝缕缕地跳跃着，钻进我的鼻息、我的脸颊、我的身体，路上没有行人，在小雪的映衬下，难得的静谧，我看着空中飞舞的若有若无的小雪花，心中多了一份欣赏和悠闲，慢慢地，久违的小雪开始熟稔了点缀，先是让洁白在道路上聚集，然后，雪开始盖满了屋顶，路边的小树，粗壮些的枝丫上明显有白色的雪停留的痕迹，不知不觉，雪把能覆盖的东西都画出线条、分出明暗来了，这就是非黑即白的世界啊，一切，都变得简单明快起来。

看着小雪，白日里浮躁的心逐渐平静下来，眯着眼，就能从内心感受到雪的多姿多彩，而“千山鸟飞绝，万径人踪灭”这句唐诗在脑中闪现，哦，原来，这就是描写雪的孤寂与隐逸呢。

冬天，因为雪便会在心里增添了一份想象与安暖，有雪的冬天，日子才会变得完美。站在外面尽情感受着雪带来的畅快和凉爽，伸出手去，试着接住雪花，接住几片比点点晨露都要晶莹、比丝丝秋雨还要细密的洁白，与雪私语、交谈……

雪，明明飘在手心了，由于太过细腻，只感受到一丝冰凉。雪，终于让我感怀，今冬，又是新的、不一样的冬天。

雪，洁净，轻柔，缥缈。雪，在我心里，是永远的美丽。

太晚了，回到房间休息，因为今夜有雪相伴，一夜安眠，暖情依依。

微微雪意，品读《江雪》

大寒是最后的冬天，每每都在最冷的四九，极冷极寒，举目望去，满眼枯枝，就连不怕冬天的寒鸦都悄无声息地不再鸣叫，一片落败的萧瑟。

冬天虽然凄凉，但总是富有凄美的诗意。

若是南方，树木还很葱绿；若是江南，湖水还漫着涟漪。在我们这个北方的滨海小城，盼了一冬天的飞雪，在今天上午只显现了一点点的雪意之后转瞬即逝。我无奈，看着手中书上柳宗元的《江雪》，突然间有了新的理解，却与诗人一样再也无法释怀……

千山鸟飞绝，万径人踪灭。
孤舟蓑笠翁，独钓寒江雪。

短短二十个字，就描绘了一幅幽静寒冷的画面：把千山万岭不见飞鸟的踪影，千路万径不见行人的足迹，一叶孤舟上的那位身披蓑衣头戴斗笠的渔翁，独自在漫天风雪中垂钓的情景描绘得活灵活现。

今天虽然只是有些雪意，但也总算是看见了零星的小雪飘落，看着这篇上小学时就背得烂熟的《江雪》，又有了很多不一样的触动。

我的胡思乱想模式又开始启动了。

想那唐宋八大家之一，唐代文学家、哲学家、散文家和思想家集为一身的柳宗元，他的心情应该是比较孤独、冷清的吧，他的天地是如此纯洁而寂静，一尘不染，万籁无声，怎么似乎带着一缕不食人间烟火的仙气呢？笔下的渔翁如此清高，是不是就是诗人自己的写照呢？

比起陶渊明洋洋洒洒的《桃花源记》里，对桃花源的安宁和乐、自由平等生活的描绘，《江雪》显得更加虚无缥缈，遗世而又独立。诗人具体描写得不过是一个老渔翁、一条小船，在大雪的江面上钓鱼，如此而已。他用广阔寂寥的背景，用孤舟与独钓来作陪衬，突出千山与万径的浩瀚无垠。又把极端的沉默寂静淋漓尽致地铺展在人们的眼前，形成了一幅高傲的图画。

正是这种绝对幽静、绝对沉寂的背景之下，反而让我们看到一种玲珑剔透的动态的特写一样的美景。是不是这样可以伸手触摸的轻灵剔透，才能表达诗人所希望展示给世人的那种摆脱世俗、超然世外的清高与孤傲呢？

而最后的寒江雪三个字，应该是点睛的妙笔吧。前面十七个字，在这时才明白全都是这三个字的铺垫，其实，笼罩一切的原来都是雪啊，山上是雪、路上是雪、千山是雪、万径是雪，要不怎么会鸟飞绝、人踪灭呢？那么，船篷上、蓑笠上呢？自然也都是雪了。

在这样的空灵的想象中，雪下得又大又密，把水天苍茫的气氛就完全烘托出来了。在这样寒冷的日子，老渔翁忘我地钓鱼，虽然孤独，却显得他身上有着不可侵犯的傲骨。

越看越觉得诗人把精雕细琢和极度的孤僻夸张，完美又错综地统一在一起，这也是这首二十字的小诗具有的最独特的艺术感染力。

因为这首耳熟能详的《江雪》，我翻过多篇译文，看过很多评论，加之自己对诗人的感悟，知道这是在柳宗元最失意落寞的被贬阶段，无处安身、生活窘迫、精神压抑的时候，将才情和内心所思所想倾注于笔端，才成就了这个不朽之作。倘若当时换了心境，想必也不会有这首传世之作了吧。

我望着大寒之后的寂冷黑夜，想象着柳宗元用文字勾画出来的这幅江天雪景独钓图，竟能清晰地感受到那扑面而来的寒意和诗人内心的孤寂……

大寒的日子读《江雪》似乎很贴切，而大寒也是最适合围炉夜话、吟诗取暖的日子，当然，还有温暖好吃的食物，以便驱赶冬日的严寒。大寒是春天即将到来前最隆重、最有仪式感的节气了。

午夜三点，看见窗外似乎一片洁白，惊喜中跑出门外，只见地上已经覆盖了一层淡淡的白，怕是早上就会消失不见的可怜的薄薄的白。天空很高很晴，并没有看到雪花飘落，但不管怎么说，雪还是在大寒节气，悄悄地、有些吝啬地光临了我的这个滨海小城。

诗歌

风雨无阻，为你护航

我一直在船上
一直三班
船
摇过我烦躁的心
驶过了灰白单调的荒岸

师父说：
海里有鸟语花香
师兄说：
海里有海市蜃楼
外轮上的大副说：
Sea，poetry and far away
我用词典悄悄地查：
海就是诗和远方

从此
诗篇从清晨的浪花中洒落
风景在黄昏的余晖里驻足
鸥鹭翩飞
海面蔚蓝
船与青春做伴
生命之美
芬芳而来
那些流动的闪光的点滴
篆刻在岁月里

构成船员独特的印记
构成生命的轨迹与航线
早春
浅蓝色的夜溢进舷窗
萤火虫做着梦
我们在海上破冰护航

盛夏
娇媚的女友
青萝小扇
我潮湿的心却拴在船舷

金秋
乌云携带着雨水
风雨交加
为了安全
我们坚守在一线

严冬
船头下的冰凌海
才能触击我心头的柔软

我们与朝阳一同早起
和着腥咸
枕着波涛
在每一个或长或短的羁旅
劈波斩浪

当暴雨肆虐
乌云袭击

我们穿越风雨
护着船舶的周全
大船无恙对我们挑着拇指
我们骄傲、自豪

罗经指引我的方向
船舱里藏着我的梦想
玄的夜空
薄雾散尽处
只见那个游动的船影
傲首前行
驶出海港……

我们
我们是船舶人
我们风雨无阻
我们为你护航

日记

有一本日记
被岁月磨了边缘
小心翼翼打开
打开时间

打开那些摸过的脸颊
耳边的呼吸
还有
你温暖的指尖

走到日记里
走回从前
有快乐和痛地撕扯
有飞逝的春天

有些字迹变得模糊
是流过的泪吧
把纸张洇染

太多的往昔
就像噬骨的虫子
潜伏在身体里
烦躁不安
把日记中的旧事装回吧
装回进纸上

放过
那些记忆的碎片

等所有的思想都停止
那些故事
陪着我变老

戴上花镜时
再来平静地抚摸这本日记
抚摸我的青春
抚摸从前

新岁

早春
又一个起风的夜晚
思绪被风牵扯

一念起
一念灭
叹一岁多变
愿百岁多情

初衷不改的红颜
只怨时光
误了春色
负了东风

于是
深深浅浅的笑靥
在眉眼中
氤氲

于是
帘幕低垂的情愫
在风化的原点
一梦无殇

或许

每一个来到尘世的人
都会有感动的花季
每一个念字过往
都曾淡淡地忧伤

新岁
我如此深悟
没有煽情
没有悲喜

在心底最初的地方
我坚信
一切纯净
如天籁

这一年

这一年
我一直在滨海小城居住
看花开花谢
听流水潺潺
这里是世外桃源
总以为时光会舒缓

这一年
风一直刮
让日子从指缝溜走
春风去了
秋风来了
当所有的风都入眠
爱的星光映显

这一年
屋檐下的燕子来了又走
一年一年
站在快乐的枝头

这一年
落寞了一岁容颜
隐藏了无数的秘密
在心底

这一年
我每天在楼顶看海
看遍了潮涨潮落
看遍了静水流深
看见了荧光海
看见了浪花雪
海水在脚下
离我只有一公里

这一年
我在夕阳中眯着眼睛
细数光阴
也在晚霞中凝望
天空中
出现了更多的湛蓝

这一年
总是头脑发烧
蜷缩在夜里写诗
总想拉近现实与心的距离

这一年
我无数次在海边漫步
蓦然发现
原来年与岁的距离
真的好短

回不去的旧时光
在平淡中
穿梭往返

这一年
日子
轻轻地走过

轻轻地
又一年

那一年，我十八岁

朋友圈都在晒十八岁的照片

我在想

那一年
我十八岁

就像梦中的童话
树上长满了巧克力
地里开满了面包和糖果
弟弟制作的风筝很丑
却飞得很高
星星在黑紫色的金丝绒里眨眼

没有限号
没有蜿蜒曲折的套路

那一年
我十八岁

成群的鸥鹭遮天蔽日
鹰的笛子在晨风中鼓荡

在滨海小城
在碧波荡漾的小岛

我开始学着淑女走路
母亲看着我微笑

那一年
我十八岁

走进春天的怀里
邂逅玉兰树下的时光

碎了一地的心事
像如黛的山色
随着夕阳迷蒙了我的眸光

那一年
我十八岁

总觉得海中的涟漪
是美人鱼的圆床
心会变得疼痛

小路尽头
是没有着落的梦想
海平线上慢慢消失的小船
带着我的心去了远方

那一年
我十八岁

阳光落在每一片叶子上
一树树的翠绿

是童话里的松香
回音袅袅
是无边的快乐

那一年
没有朋友圈

那一年
太阳从西边升起
落向东方

那一年
我是十八岁的姑娘

被遗忘的似水流年

秋雨飘飞
萧瑟了季节的柔情
枝丫开始为秋天消瘦
一夜之间
露珠与霜挂着清寒

枫叶红了

带着对秋天的诺言
虽然美丽只是瞬间
但永恒已经把心充满
没有凄美
怎么会善感
枫叶缓缓飘落
红了山峦
红了容颜

此时
思绪若风
清眸沾满迷雾
是那无法割舍的念
潮湿尘封的记忆
香樟树的年轮
串成缠绵的无声的弦
弹着琴瑟

落寞哀婉

默数着落花的声音
就这样想起
想起在杏花微雨的春月
想起在碧绿茵茵的江南

多年前有过一场悠缓的等待
多年后是否还有追寻的期盼

无意中转身
温润的青春就被遗忘
被遗忘的似水流年

你好，鸡年！

春晚舞台
零点的钟声刚刚敲过
猴年亦随之轮回
寒竹新诗里说：时间快得像疯子
我想，时间也许更像屠刀
我们眼睁睁地看它飞逝
恐惧
绝望
心无所依

多年来
为了更好
总是让自己坚持

忘了喜欢的诗的平仄
忘了该浅喜深爱着岁月
忘了年少时梦中的颜色

时间无法停止
虽然禁放烟花爆竹
鸡年还是来了
我没有群发祝福信息
却无法阻止
鸡年的脚步

你好，鸡年
还是不能免俗地拜个年吧
无论欢欣、喜悦、迷茫抑或挫折

你好，鸡年
今夜
春风送暖
我安然入睡
我纯洁的梦中只有诗歌

醒来的春天

三月
伴着醒来的春天

桃树的枝条开始伸展
褐绿的细蔓隐约透出萼芽
就像爱美的姑娘
急着脱去厚重的冬装
要展示迷人的风景

风
拂过面颊
或急或徐
不再微寒萧瑟
在脸上跳跃
在身后追逐
就像猫一样调皮

山上
林间不知名的小鸟唱着歌
叽叽着
嬉戏

海边
海鸥遮天蔽地追逐着浪花
啾啁着

逍遥至极……

春天醒了
在闲庭信步间
在耳鬓厮磨里
春的韵味
是盈满心房的灵动飘逸

这每一帧春天的细节
让心越发简单

我屏气凝神
像青草一样呼吸

继而幻想
明天
只要下一场雨
太阳一照
眼睛里就能长出嫩绿

新的一年
——致闺蜜

有一种感情
永远不会输给时间
你是我儿时的所有记忆

那时我们每天腻在一起
比学习
比体育
谁落在后面都暗暗地不服气

豆蔻年华时
我们曾一起挥霍着
时间的沙漏

那时我们每天腻在一起
追琼瑶
追费翔
谁唱得好听谁就有大声嚷嚷的权利

那时我们每天腻在一起
今天吵
明天笑
说话毫无顾忌
嬉笑怒骂都甜蜜

我们也曾一度丢了彼此
那些年
你仍是我最美的记忆

你我此生的缘分
弥珍贵
定珍惜
那个漂亮的、优秀的、我的闺密
此刻
不用多说
不用多想
却，不能忘记

今天
又是大年三十
让我们都变成红孩儿
穿上喜庆的红色新衣
互相祝福
互相牵挂

就此相约
有时间
我们仍旧腻在一起

感谢有你
感恩
你，出现在我的生命里

清明

仲春
枝头挂出嫩绿
桃花开始招摇
轻盈的风从早春吹到清明

清明
年年清明今又清明
长眠了一冬的落叶
在脚下窸窣地轻响
松塔散在其中
等着春雨
等着繁衍
等着生命的诞生

桃花正要怒放
不知妩媚的粉红是否忧伤

河水澹澹
一如我的心
无法平静

回忆很长
日子很短
离去的人在心里
是写不出的痛

把思念扎进带着露珠的白菊
让层次分明的年轮停滞
于是
清明在心里生根

闭上眼睛
这一瞬的所有都被火焰吞噬
化作了尘埃

最无助
是清明

写给星星的孩子

我在不断寻找
调用所有的想象
试图创造一种新的视觉语言
与你纯滞的眼睛沟通

由此
整个画面不一样了

由此
我变成了世界

由此
我们是对方的引力
我们互相学习
仔细思考
却又困难重重

你被我眼中的平淡吸引
比如荒凉的景色
比如破旧的房屋
比如暗淡的街灯

那里
有你的城堡与童话
有你的维多利亚时期的小屋

简朴的美景
那里
你不是异类
不会引人关注

那里
自然比平常更为安静

那里
有许多有趣的角落
灿然的云色天光
才会最难抚摸
那里
你不是特别的孩子
你只是与众不同的星星

我不知道奇迹需要等待多久
我只想去创造一束光
照亮你
未卜的人生

爱诗的人

爱诗的人
都有一颗柔情似水心
万物在眼底
衍生出无限诗意

爱诗的人
感性多于理性
世事在心里
或明眸皓齿
或深情动人
或带着忧伤的韵
诗歌相伴
岁月生香
每每点化成文
总是庆幸生活就是诗

一首歌听罢
心里噙满感动
一阵风拂过
吹动墨香岑寂
一首诗吟唱
醉美了心魂……

一段文字诉说着心事
时而温婉似水

一段文字诗意了时光
时而衣袂飘飘
缠绵缱绻

爱诗
爱其不掺尘世的纯净
爱诗
爱其抒怀之中的美好

岁月漫漫
眷恋弥坚
愿携馨香入怀
愿倚着诗意入梦

感怀
让我释放心底的本真
写意
舒缓岁月蹉跎的痕迹

在叹无止境的韵脚
婉约风雅
就这么怡然自得
惬意
轻欢

海子，你还能不能回来？

在那贫困的时代
你从蝉鸣蛙声中走来
年纪很轻
没有向人告别
胸怀憧憬寻找天堂

你说
诗人是酒神的神圣祭司

于是
当一个躯体被截成两半
没有人知道
我们的海子已经离开
那时的“以梦为马”
只是你一个人的呢喃
那时的“面朝大海，春暖花开”
至今都萦满心怀

恣意飞扬的青春
在那个开口就是诗意的纯真年代
真知未被功利湮没
大地、田园、河流、母亲
都有你心灵的吟唱

你说

与其孤身独涉
不如安然沉睡
你拒绝世俗
以你的骄傲
踏上一条孤寂的灵魂之旅
不为浮华名利
只为摆脱羁绊与牵累
你
是个英雄
我心中极致的英雄
我奉为圭臬的失败英雄

余华说：生的终止不过一场死亡
是啊
你不是失去了生命
而是走出了时间

今天
阳光明媚的三月
我盼望
十个海子全部复活

海子，你走了太久
海子，你还能不能回来

最后的四月，春天在盛开

春在枝头
桃粉樱红迷了眼
太阳开始热辣
在我的杯子里留下金黄的影子
云俏皮地围住它
于是
我们奔跑
为了在雨停前跑到海边
看彩虹

风是暖的
我便在倾城的暖里
用身体亲吻海边的岩石
让最初的心
享受风的抚摸
等待雨
等待雨后的彩虹

春在岸边
柳絮满天
槐树上莺声呢哝软软
风筝鸟儿一样越飞越高
因为眷恋
因为天上那清澈的蓝

似水流年

在最后的四月里
春天在盛开

我要用尽我的万种风情
我不要天上的星星
我要青草蔓延
我要春天
一直盛开
别回头……

我是一滴水

我想
我是一滴水
义无反顾地从天上飘落
渺小地钻进土壤
无法逆流成河

我想
我是一滴水
不顾一切地冲破云层
在拥挤的人群中寻找一丝清醒
只为在有你的喧嚣尘世
轻轻起舞
不让你知道
我来过
我，被炙热的盛夏烘烤
蒸蒸而上
重新聚集
晶莹的
在宽大碧绿的荷叶上滚动

悄悄地看着你在莲池边出神
不忍离去
宁愿与你眼角的那滴互换
只为感受脸颊的温润
不惜再度滑落

回归土壤
从此，万劫不复

我想
我是一滴水
从屋檐思念到台阶
轻柔地拍打

我想
我是一滴水
微薄的生命之水
为了看到艳丽的罂粟
已经中毒

从此
幻变成万千个分子
滋养你眉心的纹络
抚平、漾开

我想
我是一滴水
不让你知道
这个夏天
我来过

做个愚人，多好！

四月第一天
警惕着
逐渐坚硬的心
不会无故为谁破碎

于是
轻松、释放
在一年中最可以装傻的二十四小时
真实的、可怜的二十四小时

我发觉自己对世上的欲望逐渐淡漠
而日子却一寸寸捻碎情思
呼啸着走过四季
心灵更加渴望与自然亲近
欲展翅翱翔
欲海阔天空
心中的热切
与日俱增
我发觉天外的广袤
穿过雾霾的太阳
平静地耀眼
灿烂着

我发觉大地在震颤
伸出手抚摸

春风乍暖还寒
而没有了柏油路
泥土才会柔软地亲吻
桃花依旧，辜负流年

我发觉头脑里依然有星火闪烁
知道神灵一直眷顾
疯、癫、狂、愚
都在身体里流转

于是
煮酒排魔
思想不再囿于禁锢

我发觉只有在这一天
四月的第一天
没有遮掩

做个愚人，多好！

读你

一直在读你
就像读一本我深爱的书

阅读的时候
慢下来
努力把词语与词语的距离拉近
你的段落吸引着我

我不知如何倾诉
只能感觉

不知是章节末端的留白
抑或故事词语的重量
迷惑我
还是我甘愿被你迷惑

我站在留白里
站在词语彼此遥远的距离间
不属于物质世界
没有金钱味道的地方
我发现
这正是蕴含着世间万物的地方

我深爱着你
留下来

留在你生存的空间
留在书的扉页
月光
在梦里丰满

我望着漆黑的夜空
从此爱上了星星

夜雨

雨悄然滴进梦乡
滴答在明亮的窗外
蝉鸣蛙声沉寂了
只有雨
一路雀跃着欢嚷

夜来了
幽静无声

雨丝妖娆
轻轻地歌唱
在深情地倾诉雨中的邂逅
让思念的滚热在空气中荡漾

夜雨中漫步
踩着湿漉漉的烦恼
仰着头
任细雨钻进心房
明月躲进云层
收起闪耀
把世界都留给了雨
让树林沐浴
让田地畅饮
让溪水丰腴
让大海漾出银波

漾出光芒

夜来了
幽静无声

今夜
由雨主宰

雨，滴进梦里
雨，滴在心上

夏至

夏至
风姿卓韵
波光潋滟

风儿撩拨着草木
遮不住夏赤裸裸的印记
竭力吹拂着
蓬勃着
在傍晚
吹落杂念

夏至
最长的白天
夜的等待最短
恍惚间
这便是天长地久之感

夏至
天气多变
充满无限可能的时节
适合火热的遇见

夏至
缤纷灿烂
青蛙在莲叶上欢叫

蝉儿在林梢和声

夏已丰润
万物极盛
绿茵醉眼

山中的夏夜

长夏
已近尾声
连绵的阴雨带来丝丝秋意
我，乘着夏的余绪
去山中感受寂静
摒除纷扰
流放自己……

山中
绿的深处
隐现的微灯忽明忽暗
为夜带来生机

满山的风怕搅了夜的静谧
悄悄带着凉意

山中的夏夜
向日葵学会了曼妙的舞蹈
夜来香散发着浓郁的香气
鼻息间满是湿润的小草与泥土
沁人心脾

山中的夏夜
深不见底

时间已经凝固
只听见溪流下的山石喃喃低语
在夜的幔帐里
长夏在山中休憩
躲避要吹走它的风
与我一样
流连在山中
不愿离去

诗情画意北戴河

北戴河是一首诗
蓝天白云标注着诗的韵脚
负氧离子附和平仄
格律中
碧波粼粼的海浪涌动着温柔
心生爱意
琴瑟和鸣

北戴河是一幅画
老虎石金灿灿的沙滩
石塘路圆润的珍珠
怪楼里相同的九十九扇门
勾勒着游人如织阑珊夜
出神入化
月白风清

北戴河是一首歌
碧螺塔酒吧
那个长头发的歌手反复唱着成都
其实
他不仅仅是唱给姑娘
他唱给了北戴河
唱给了梦中的故乡

刘庄村

合欢树就站在铺着石板的小巷
每日都在巷子口
望着来来往往丁香花一样的姑娘
保二路的西点屋
有甜蜜的守候

鹰角亭上
你我携手静看夕阳

北戴河是一首绝句
一句吹皱海面
一句静谧无殇

北戴河是大雨落幽燕
赤着脚踝抚摸浪花
此刻
我敞开了胸怀
此刻
我被植入了海的心脏

美，在戴河生态园

浅秋花深处
枝繁叶茂的生态园
被秋天遗忘
美在画里、风里
都留下记号

碧波与心一起荡漾

顺着风
年轻的花香
飘过来
在岁月的褶皱里
滋养我赞美的却又苍白的词语
和一些隐秘的疼痛

戴河生态园的秋水之畔
时光被窃取了记忆
所有的风景都成为永恒

美
在画中恣意
秋天忘了到园中来
昂扬着碧绿

有风拂过

抚摸每一片花朵和叶子

夜
一低再低
忘了漆黑的忧伤
在园景中沉醉

我相信
在这个温情的季节
桂花的香气
会把爱恋填满
只剩下
树影婆娑着独白

在月下
在如水的光芒里
忘了身在何处
忘了自己

向日葵

金灿灿的色块
掉进了秋天的微风

青涩
结成了思念
过滤岁月的尘埃
一丝丝轻盈地撩过
从枝头孕育
滋润着丰收

风吹皱了圆润的饱满
在暮风中轻轻摇曳
尘世的喧嚣只是过眼云烟
我愿用一生的时间守护
只为一片风轻云淡

入土入泥
顾盼流连
你淡泊成纯粹的写意
被风拉长着身姿
窈窕柔软

随着时光婉约的轻吟
一次次跳舞
韵律的鼓点敲打着

你的金黄是蓝天碧绿之间的笑靥
袅娜惊艳
风吹过来
盈盈暗香涌动着招摇
迷离了我的双眼
我知道
你是爱上太阳神阿波罗的仙女
放弃自我只为追随他的方向

你坚定忠贞
在寂静中忧伤绽放
一生中
太阳是你唯一的信仰

今天
我和我的幻想一起膨胀
内心都是绿色的叶子
都是单纯的快乐
都是太阳神照耀的光芒

我成熟了
周身散发阳光的味道
那是成熟的饱满的味道
所以热烈
所以内涵
所以坚强

七夕的情话

总是把潮湿的心思深埋
然后开始幻想：
春天的斑斓
夏日的明媚
爱人的深情

总喜欢把小诗当作情人
掬一捧阳光的心意
用柔软的情思触动心怀
相守相依……

我们漫步在沙滩
看海上明月
你温柔的情话让我痴迷

我们喝着啤酒
在醉里朦胧

你微笑的脸庞在我眸中放大
你笑意盈盈地说：
我爱你

真想
与你觅一处静隅
固守简单

默然欢喜
在董永与七仙女的七夕
在浪漫哀婉的故事里
把曼妙的心事一瓣瓣地摘下

期待一场花雨
水墨你我的情意

丰收

没有温和的过渡
夏日的骄阳被秋赶走

迁徙的雁
在落叶后的树梢盘旋
一声悠长地鸣叫
留给蔚蓝……

于是
牵了种子的手
一路搀扶着
走过两个季节的路途
只为眼前
遍地金黄中
枝头高挂的饱满

田野里
庄稼人憨实的笑靥
在脸上每一条皱褶里显现

观赏田里的油葵不再追逐太阳
悄悄地把叶子压弯
高高的玉米穗
爬上曾经是幼苗的头顶
随着秋风拂过

骄傲着丰满
丰收了

田地里
风吹着麦浪
凝结出晨曦的露珠
随后
阳光用它温暖的金边
把喜悦镶嵌
镶嵌在村寨
镶嵌在农人的容颜

深秋的日出

清晨的霞光
就像冲破了禁锢
流淌而出的是血液
兀自在天空中喷薄挥洒
充溢着光辉

渐渐晕染出粉红与金黄

粉红色是石榴
是心
是爱情
是不加糖的甜蜜

金黄色是橘子
橘子是太阳的颜色
橘子里面有一瓣一瓣的月牙儿
太阳和月牙儿在橘子里
携手同眠

葡萄熟了
晶莹着圆润的饱满

苹果纯洁的面容
反射着红晕

天际衔接处
踱扈的夏日去轮回
霞光万道
与粉红和金黄并肩的是
亚麻的焦糖色
之后
微微的血液像火焰
一直燃烧

深秋的日出
热情一直在拥抱

转瞬
高远的骄阳身后
是澄净的蓝
在平静地陪伴
渐变的颜色消散
火焰开始休憩
不争不抢
岁月静好

寒露

寒露到来
天凉秋渐晚
风轻水潺潺
夏已远

秋雨应景而来
把昨日黄花浇落
秋风飒飒
蝉噤荷残
寒露寒

东篱下的菊花
轻轻伸展了全身的柔软
迎着霜露
战凌天
斜阳烘蕊小窗妍
桂子月中落
沁人心脾
袖盈满

向着秋风行走
漫山红叶如霞似海
曲径通幽处
黄叶飘落
秋意阑

远处的山峰在金黄的光里隐现
大雁拍打着翅膀排队飞过
消失在高远的天际

叹一句
好个寒露
虽冰清玉洁
却伤感

日子
日夜兼程
又走了一段
萧瑟的秋风吹过来
把藏在心底的故事吹走
明天
又是新的一天

小雪

在未下雪的小雪节气
雪与冬出现断层

光阴缓行
时光流转至雪
把记忆染白
却怎么也清除不去
深入骨髓的印记

小雪
想着雪
莹莹如花般的怅惘
那一夜消瘦的水珠
散落眉宇

无数洁白的诱惑
随着寒香摇曳

听得懂
小雪的歌么
清婉、跳跃、灵光熠熠

这就是小雪未曾拓印的章节
这就是小雪特定的讯息
这里有冬天的承诺

有似曾相识
有安徒生的童话
有流光的白色珍珠
温柔、静谧

还有
还有芦苇花一直拥着河堤
纯白如天使的羽翼
铺天盖地

玫瑰依旧娇艳
只有蝴蝶退回梦里

这些鲜活的故事
在天际把星月扎染
在耳畔低回
诉说着流年未亡
诉说着小雪的传奇

初冬

没有七彩的风景作陪

初冬的素简
婉约成一首古体的诗
静谧的夜色
荼蘼了霓彩繁华

夜空群星
在不羁的牵挂之外
璀璨
飞着媚眼

耳畔
风被挡在天涯
不屑繁华

眼下那缕故乡的烟火
品啜着一盏安暖
静候寂静
是素雪到来前的寂静

岁月的流沙
丰盈了青涩的年华
来不及说明

冬天
就在万籁俱寂的光阴里沉淀
纯色又荒凉的美
点翠日子
是岁月静好
也是岁月的新欢

等雪

北风
从往年吹来
渗透了大树一样古老的年轮

树枝瑟缩着
为留不住的叶子叹息
昨天还是绿色满园
那些写满梦想的不眠夜
在寒冷中愈加单薄

阳光被阻挡
年龄却在飞奔
月亮这几天开始减肥
逐渐瘦长的月牙儿
是指尖无法触及的寒凉
梧桐树的叶子
已经寻不见踪迹

寒风呼啸着
拼命地追赶时间

谁也无法阻止
任性而又固执的光阴
它的旅途
或媚或黯

浮躁的心绪变得平静
就像一泓清泉
滋养我

我一直在引颈遥望
在十二月
等待着一场雪花纷飞
飘逸的雪花
才能造就冬天的风景
覆盖忧伤
雪
你沉睡了吗？
别让我等得太久
我想与你快点儿重逢

初冬的山里人家

初冬
有风轻拂
山里的清晨
太阳似乎醒得早

晨曦凝露
老绿与褐黄的山坡便开始欢呼
怀旧的竹匾挂在屋檐
阳光又暖了些
它开始邀请
攀谈
晒秋后迟来的喜悦

早起的农妇
把金黄的玉米挂在一起
挂在腊肉与蒜辫子的旁边
低矮的老屋成了仓库
旁边漂亮的小楼正在装修
小楼的外墙都贴上有图案的瓷砖
在农闲的初冬
农夫开始规划春天的播种
留下饱满的油菜籽
留下硕大的谷穗
和我叫不出来的种子
按着金黄、翠绿、中国红

分了颜色装好
笑盈盈地端进房间
把幸福一起端进房间

趴在门前的狗儿摇着尾巴
静眼旁观两只公鸡斗志昂扬地打架
羊儿在吃草
只有越来越肥的猪
不希望过年

他们热气腾腾地活着

趁着阳光正好
再把平静的日子
尽情晒一晒
要过冬了

立冬

寒风来了
撕下晚秋的美丽

土地露出褐色的肌肤
裸出了身体
荒凉之下
一切都更加真实

鸥鸣被潮音吞没
袭击着耳鼓
沉郁的色调
带着妄想
它妄想把一切都变成荒芜

一只只放飞掌心的日子
随着时光跌落
又扬起在十一月灰色的天空
回顾前尘的刹那
把葱茏遗失在荒野

那只领头的大雁
在努力引领
穿越夜空
它悠远的鸣叫
是年复一年的倾诉

消失在云层
至于树
依然挺立着
它踩着初冬开始疼痛的泥土
而路边景观里怕冷的灌木
被人们塞进了
夹棉的冬衣

流水的声音
就像刺耳的金属
开始冻结落叶的思绪
于是
落花把思念安放在清浅的光阴里

菊花在怒放
之后会有一枝梅花
带着暗香
芬芳着冰冷的日子

我正在为诗集
书写花香鸟语的序

小寒——岁月

我不知道
早上七点
夜月落入久违的晨光
算不算冬天的格调

我不知道
盼望中
那一场像样的飞雪
在哪里逍遥

我不知道
梅萼几时唤醒沉睡的嫩绿
那红梅的盛宴
才对我微笑

我不知道
寂冷是不是小寒的外套
那枯萎的荒草
拥着土地
说是为了爱的照料

日复一日
当时间被我们遗忘

脚下一片急速吹来的

落叶
被小寒侵袭
被岁月毒害

这时
我走过时光
张开翅膀
飞翔……
在暖阳中
在小寒里
我陪着陌生又忧伤的年轮
找寻岁月
找寻遗失的方向

鸡年，永恒的暖阳

再过一个月
鸡年
就挥手离去
它摘下遮住了真实的墨镜
用快门拍下一张张炫目的照片
为过去留下回忆

山里的梅花含芳吐蕊
土地狰狞失色
此刻
朝霞簇拥着满怀的温暖
从田野抛开去
在孤单寒冷的地方
散发着慰藉的光

如果没有了太阳
或许我还能忍受黑暗
可如今
鸡年流逝
太阳把我的寂寞
照得更加忧伤

当一阵阵的狂笑
在头顶上滚动
北风就像信手拈来的线条

平淡无奇
冷冻了荒凉
在乡间
在村寨
在街头
在小巷
太阳用一束光
把平凡的生活点亮
它把温暖
隆重洒向所有的篱笆
洒向被遗弃的角落

然后
藏进被光泽渲染的落日与天空
赶走薄凉

然后
是一道道的意识空白
就连头脑中最阴暗的角落
也灯火通明
亮如白昼

这是鸡年
永恒的
最美的暖阳

大寒

梦在冬夜
大寒走近年的边缘

思念在心里
抱紧故乡的渔火守侯
唤起的眷恋
沉淀千年
在指尖上
在寒潮中
穿梭

寒风在岁月的浪尖
呼啸、摇曳
刮破冬天的寂然
大地瞬间如履薄冰

城市的边缘
月光
随河流漂泻而来
千里向东

白，便是最靓的色彩
大寒扯着冰凌
姗姗走来
冻住了思绪

晶莹了冬的眼睛

我想
把梦安放在海边
再选一个放晴的日子
背上行囊
等着下一站
跨越年的距离

还盼望
嫩绿一直变成的白色
唤醒雪花的记忆
覆盖窗棂

还盼望
手捧着厚厚的积雪过年
拥着明月
念着花期
与我一起才能解读
春的影踪

雪还未下

我想象在这个夜晚
低垂的黑暮那边
雪花开始飘落
舒缓的尽头
是远山的呼唤

慢慢地
空气中的清凉
被酒杯斟满
浇灌夜色

视野消失之外
一个期盼飞雪的渴念
经过红色的廊柱
在雾中弥漫

幻想在这里
时间和空间都充满了信仰
雪花浓密着
像雨一样斜落
就像浪漫的竖琴丝弦

在白色天地里
寂静
如破旧的纺车伫立
漆黑的眼睛

闪着光亮
星星才会黯淡

可是
雪还未下
是远处的梅花任性地纠缠
扣留了它

风中的号子呜咽嘶哑
真想
在起风的夜里
松开生命
用身体拧出飞着雪的童话

我多想，踏着雪远行

应该下雪的日子
我在海边等船
这是今年最后一次远行
我多想
踏着雪远行

把所有的心思揣在怀里
望着舷边深绿的海水
思绪漂泊……

一声船笛
惊醒我
那么悠长

就像我崇拜的摇滚歌手
用喑哑撕裂的歌声
在与岸做压轴的告白
是深沉的告白

我狂热的心
在寒风中
不经意地将往事拥紧

这些都发生了
在大雪未曾到来的前夜

在我一生留恋的地方

那些开败的花儿
那些没有果实的枝杈
都活着
都傲然地活着

大雪没来
冬天的寒风
无情地掩埋了它们

船要开了
去我不熟悉的江南

我把圆形的舷窗关紧
把冬天关在窗外
于是
冲上船舷的浪花破碎了

路途很远

温暖的雾气中
海水闪着亮白
海上
下雪了

春雪

雪念着冬、恋着春
在早春二月
纷纷扬扬

干冷的空气
久违中嗅到清新的风
欣喜着轻步前行
伸手触摸你六瓣的晶莹

过去整整一冬了
你不肯露面
宁愿在春风里
飞舞出你的轻盈

舞姿翩跹
飘在脸上的沁凉的水雾是你的泪珠么
你袅娜无语
我肃穆心生
你袖舞天地
温润了我的心情

流连在银装素裹里
痴迷在漫天洁白中
你的葬礼之后会有新绿
你短暂的生命单纯、洁净

你自由自在
清爽了世界
令人动容

雪
我愿为你流浪
因为你冰凉中的纯洁
涤荡着我炙热的生命

我们相约
等你回来
在冬季
在雪中……

冬至

一个照面
自以为抒情的北风
从衣角钻入身体
寒冷在流窜
幸好还有绿色的柳叶
在血管里孕育
蛰伏
等待时机

冬至骤冷开了头

冷的声音
最初源于古诗吧
拾起被季节丢失的句子
珍藏在有些坚硬的土里
封存在草根的脉络中
还要揉进心怀

厚重的冷
在日光与月光下
交替、放大、喧哗
下弦月勾着冰凌
挂在屋檐

海边的浅湾

浪花雪
保护着水里的生命

青蛙在洞里长睡
松果在枝头轻盈

昨夜绯红的唇印
印在闪着银光的窗棂

我们走在萧瑟的山林
寻找梅花
寻找仍然会疼痛的爱情

冬至之后
嫩芽抽茎的声音
便会与迟来的爱恋一起苏醒

我把这一季写在棉衣上
用温暖保鲜

冬至
阳气与思念一起生长
冬至
愿你读懂

感恩

感谢云朵
让天空有了分明的颜色

感谢海水
赋予大海湛蓝的碧波

感谢风儿
或温暖或凛冽

感谢高山
让我们在攀登中学会懂得

感谢小鸟
带着心里的梦飞向天空

感谢小草
陪衬鲜花
才有生气盎然的春色

感谢音乐
让每一个日子都柔美

感谢朋友
让我们彼此不再孤独寂寞

感谢父母
赐予我们生命
感谢有你
拨动心弦
点亮心底的篝火

我庆幸
可以每天吃饭
可以用双眼目睹万物
可以聆听、思考
可以每天傻傻地想象
想象
一杯咖啡
洒在雪花上的图案
想象
飞机的起落
想象
清醒与醉酒哪个更加真实
想象
月光依旧与花开花落

感恩
所有的给予
感恩
是寒冷的日子最美的炙热

我需要一枚毛主席的徽章

圣诞节就要到了
这是西方的节日

这几天朋友圈都在要帽子
要红色喜庆的圣诞帽
或者要可爱的麋鹿角

朋友热情地指导
点击发现
点击小程序
点击搜索
点击头像小助手
出来了

其实
前四条我都不需要
我需要的是：更多
但是失望了
更多显示：敬请期待

其实
我只想要一枚毛主席的徽章
挂在微信头像的胸前
虽然现在不流行
我还是真心盼望

我学着朋友们
艾特微信官方

给我一枚毛主席的徽章
我的青春
就能像父辈一样发光
那些火红的岁月
在徽章的映衬下
散发着光芒

给我一枚毛主席的徽章
挂在微信头像的胸前
戴上它
心跳会更加有力
戴上它
就像打了胜仗的将军一样

给我一枚毛主席的徽章
我就像个年轻的战士
身体变得强壮
随时可以奔赴沙场

给我一枚毛主席的徽章
挂在微信头像胸前
冬日变得温暖
能抵御一切寒凉

给我一枚毛主席的徽章
就要那种
目光炯炯的大头像

最好再有一朵小红花
覆盖我芳华的青春
在我火热的心房

我艾特微信官方
给我一枚吧
我需要毛主席的徽章

红色的月亮

今晚
我好像
融进了月光
在月光里发现
近在咫尺的月亮是红色的
闪着耀眼的光芒

从前
都说月亮遥不可及
都说月亮孤独
都说从月亮的清辉里就能看到忧伤

终于
我在月亮之上
看到红的、绿的、渗着金色、旋转着彩虹的月亮
它就是一片闪着光的金属纽扣
钉在黑丝绒一样的天上
月色如水
心事是月中的涟漪
一圈一圈地漾开
偷偷地张望
是什么
湿了脸庞

我发现

月亮里那条漂浮的小船
停住
又摇向远方

今晚
我好像
融进了月光
黑丝绒一样的天上
有一轮红色的月亮

北戴河岸边那株红色的雪莲

你的笑靥
开在冰凌之间
一个莞尔
在冰面
种上飘香的雪莲
你的花瓣
在寒风堆砌中红艳
一个向风的笑脸
便在冰雕玉琢的匠心中
体会冬天的涅槃

你的色彩
绘在满眼素白的世界
一个淡雅的抒怀
让水墨丹青失去了容颜
闭锁了空间

你的透明雪心
在白色的冰海中剔透
绽放出美妙的梵音
一掬甘露的欢畅
是诉说
晶莹的眷恋

你坐在冰花之上

与寒风共舞
寒凉与咆哮发生了蜕变
柔光里的一缕细香
就是天上的繁花
眼眸中的色彩
愈加柔软

干冷的风
拿着刻刀在作画
一缕暗香傲然浮动疏影
曼妙醉卧银河之端

心中若有渴望
那便是梦里的蓝天碧水
若有甘甜
那便是开在冰面上
这株红色的雪莲

等待……

文字是精巧的谜语
字里行间暗藏了无数隐喻

年少时的妖童
锦绣未央的淑女
转身间零落

又一年秋风萧瑟

不由忆起
曾几时
桃花颜色落入胭脂
窗外柳叶飞絮
芳丛间燕子偎红
回眸处
早已洇如一梦
迅疾的韶光
你
去哪里

蓝田日寒
珠泪
生烟

颜容随秋风逐渐凋零

发间有吹落的花瓣

我将一生用诗全部写好
锁紧
在尘土中等待
等待千年
等那隔世的你来读懂

蒙尘的诗歌里
有一行隐晦的梵语
打破了暗色系的沉闷
或温婉
或不羁
但是
一直等你

细语春风

今夜
下弦月孤独朦胧
一种轻柔
摇动着树影
细语春风

一种声音
滴滴答答地从耳边放大
将时间攥紧

因此
我成为
苍茫岁月中
一只头晕目眩的精灵

在无人的庭院
我穿着盛装
与春风一起跳舞
我的凤冠
引导嫩绿
羽翼
呼唤雨滴
魔法棒
唤来春意
我的靴子

踩进桃花的心里……

春天不可抑止的欲望
在云层中飘浮
悄悄渗透
吹进了大海
激起涟漪
那一浪高过一浪的呼吸
深入地穿过我的心
与思念一起
毫无遮拦
湿漉漉地停留
在春天
在梦里

早春的今夜
下弦月孤独又朦胧
心
悄悄地溜出来
聆听
细语春风……

爱

我一直相信
在对方身上唤起生命力的东西
是爱情
因为唤醒我的内心
因为流淌的脉脉温情
至此
光阴里所有的春天
都如期而至
那些夜晚
我的思念
是围着你转的行星

被掏空的心事
在幽夜中陷落

至此
你
就在我心里横行

思念

十一月静谧又寒冷的夜晚

在海边
漆黑的海
咸腥的空气

思绪蔓延
思念如潮水凝聚
海浪低吼
每一次冲向礁石都不愿离去
海浪不屈
是在洗刷礁石的忧伤吗
无助地推波
执着地化作泡沫——碎在海里

空洞的夜与风对峙

我轻飘飘的生命溺水
黑暗中挣扎着回来

一个转身
就是隔世

千年的等待

秋天
天生离乱
秋风
轻拂千年的容颜
秋雨
是谁的琴音将心事拨弄
拨弄出惆怅
情殇索弦

穿越了千年
早已习惯了沧海拥着明月
月华的清辉如练
染白了琉璃瓦
霜露回应着
从半掩的窗户钻进去
湿了纱幔

不知不觉
千年的鬓畔已生华发
回首
暮色已染遍群山

恍惚中
记起当年也曾青春做伴
挥霍风鸟鱼花

渴望被一夕迟来的夜雨淋湿
淋湿花样的华年
于是
飘零中寻觅
于是
纵酒言欢
于是
你的温暖成了我的习惯

你的眼里
我是只千年的小妖
长着勾人的凤眼
戴着青丝冠……

轻偎荼蘼架
即使凋落
也要你循声而来

深秋
你走的日子

不关风月
等待着故人归来……

昙花

白天睡了
被尘封在漫长的记忆
夜晚醒来
静候
只为你

你的花瓣
从我的眼睛里生长
我看见
你的回眸在漆黑的夜里

静静地等待
终生地寻觅
你的韦陀
他循着芬芳
来看你

生生世世
你们在照耀中存在
在经年的尘世中慰藉

于是
你不顾一切地盛放
盛放惊世骇俗的美好

芳香四溢
旋即
你的光芒在闪耀
恬淡绝尘是你永恒的美丽

莞尔
风来的刹那
我看见
星星在陨落
你的心愿已了
坠入苍茫
消失在挂着露珠的夜里

夜的微凉还在
守望依然
这万般的柔情
化作简单的幸福

一年
只为这一次

黎明了
你的韦陀在轻唤
唤回了
前世的记忆

当我坠入爱河

当我坠入爱河
你敢不敢
把我这枝满身是刺的玫瑰
放在心上滋养

它会经常把你刺伤
而月光下那么多的亲吻
会让它
永久持续地绽放

那来自遥远天际的爱啊
把相距的光年拉近
完全彻底地付出
暗淡了星海
吞噬了星光

当我坠入爱河
就像种子在心田破土
期待了整个冬天
与春风一起
萌芽

浅浅微笑是星星之火
燎原成火光

夜已经垄断记忆
远去的流云下
温热的双唇
亲吻出粉红色的花瓣

阳光柔情的眼睛
被迷恋灼伤

当我坠入爱河
在转身间
读你的全部

用全部的执着
治愈你的伤

当随着春风摇晃的月光
漫洒清辉
当你远远地走近
久久地注视

从未想象
喜欢
这个普通的词语
扎了心
让我坠入情网

写给远方的阿伦

当十月的枫叶红了梦呓
当十月的丰收绽开了笑颜
当十月的你来到我的怀里

当所有的颜色都从往事中醒来……

滋养你的
是美丽的有海的小城
那一年轻唤你到来的晓月
是你的十月二十五日
是我的
冰火两重天
从此
我们一起努力地攀爬
从此
我们一起共同长大

有了你的日子
我单薄的身体突然强大

你的每一天
都牵动我心跳的快慢

你始终是我枝头
跳跃的

那只羽翼渐丰的雏鹰
一直在追逐
山顶上的白云

风吹开你自来的卷发
我猛然发现
你脸上牛奶和蜜一样的味道
闪烁着光泽的柔嫩的味道
变成了男人的气息
却逐渐苍老我疼痛的时光

我想
如果你不曾长大
如果我像你一样年轻
我会重新学习做个母亲
娇惯你
迁就你
给你更多晴朗的日与夜的快乐

用我积攒了多年的血液
华丽你湛蓝的天空
在每一个迷茫的渡口
为你打 CALL
为你加油

今天
我举着红葡萄酒
祝福你
祝福远方的你
健康、幸福、快乐！

我必须要做什么

今天
终于明白了
我必须做什么
我还有很多责任需要承担
并开始去做

我希望不晚
我祈祷来得及
虽然心里害怕
虽然手足无措
虽然大夫无情的声音
让我发抖
我一直攥紧拳头咬着嘴唇
在这个冰凉可怕的夜晚

一直以来
母亲的身体不是很好吗
她是哪一天开始衰老的
当她突然躺在病床上满屋子搜寻我的身影
我才知道
倔强的她多么希望我陪着

我知道了
时间不会停下
我必须要做什么

我攥着母亲的双手
曾经那是多么灵活的双手啊
为我梳头
为我包饺子
为我织毛衣的双手
一直帮我走向幸福的双手……

天已经很晚
临近午夜
窗外风声肆虐
星星依旧穿过云层
散发着光辉……

母亲真是好
安然迈过绊住脚踝的绳索
拯救了我
拯救了我的生活

我明白了
我必须要做什么

秋天，我想去不曾到达的远方

秋意渐浓
日子，在时光里渐渐泛黄

每到秋季
被压抑的心
越过流年的藩篱
跨过藏匿着黑暗的屏障
郁结着过往

青春已经在空虚中消亡
心中珍藏的回忆
是软肋
是哀伤

激情在蹉跎中流浪
一生风华交付了思想
交付了诗与远方

我想
去那不曾到达的远方
像风一样
像云一样
像鸿雁一样

心之所往

让寂寞皈依
神之向往
把梦点亮

灵魂纯净
不再介意白天或夜晚
天高云淡
不再恐惧秋天的萧瑟与尘霜

我想
去那不曾到达的远方
去漂流
去飞翔
去不顾一切地醉一场

于是
裹挟一身的自由
掸去了潮湿的忧伤
让不安分的心
随秋风一起叛逆
像枫叶狂放不羁地艳丽着

我想
去那不曾到达的远方
让生命彻底释放

月夜（组诗）

一、行路的风

电话替代家书
视频解不了乡愁

家里
有菊花、美酒
有团圆的桌子
举杯，听风
为一句乡音
跟着行路的风回家

二、思念

想到故乡
想到意味着团圆的月饼
想到母亲在厨房
用手工
烧制出的思念

三、回家

梧桐树下
杨柳岸边

月白风清
月无边

一个人
在有月光的夜晚
背着漂泊
归来

童年

你是否还记得童年
阳光温暖
天空湛蓝
我们肆意地奔跑
拉着长了翅膀的风筝
折着载了梦想的纸飞机
不明白男孩子为什么爬树
弄不清女孩子怎么比麻雀叫声更欢
闹哄哄的声音从教室里的玻璃缝穿过
攀上窗台
跃上房顶的柳树
惊了猫儿的梦

那时
我们每天都与柔嫩的青草一起睡醒
伸着懒腰
唱着童年
那时
小溪穿越了时空隧道……

于是
安徒生来给我们讲故事
凡·高的向日葵引来了蜜蜂
月亮上砍树的男孩为我建座木屋
我们自己啊

一起打造会飞的船
马尾辫轻晃着
风温柔荡漾
轻描淡写
就晃过了童年
晃过了
那些稚嫩又澄净的画面

童年已远
守住童心吧
给灵魂自由
守住心底的柔软

小醉漓江

曾经
我多么希望
有一个早晨
阳光照在漓江
照在象鼻子山
照在香气馥郁的桂树
照在香樟树寄居的蕨叶上

我们在船上站着
望着波光粼粼的水面
扶着船舷
遥听山歌
刘三姐唱的山歌
感觉着美好

我发现
在桂林
这个五月的早晨
有毒的曼陀罗已经枯萎

阳光追逐着草
草就把种子送给风
风摇着它的花蕊
吹散它的毒

风是甜的
就像儿时手心里的水果糖

山势陡峻
江水在数不清的溶洞里含情脉脉
这是千年传说
这是久藏的佳酿
我多么希望
当阳光也把影子变成果实
我们小醉微醺
醉在这里
醉在桂林
醉在漓江

安详地傻笑

岁月带走时间
摧毁花一样娇嫩的容颜
不可能出现的白发开始光顾
苍老、迟暮还远吗

曾几何时
我们是世上最柔情的人
为了一朵花
低眉轻嗅
为了不惊扰树上的鸟儿
屏气行走
为了小雨
感叹云彩不知为谁难过
为了牵手
倾尽了一世温柔

一直幻想
在繁花尽处
建一座铺着青石的木屋
就这样
我的心才会安之若素

那时
阳光温热的余晖洒在身上
我在旧时光里等你

一起浅思淡行
不惹清愁

来吧
来我的怀里
让晨曦中带着露珠的蔷薇拂过衣襟

来吧

从此以后
看庭前曼陀罗盛开
平静地等待白头
还等天南地北的朋友
她带来鲜花
他带来美酒
我们不讲故事
就坐着傻笑
安详地傻笑

美人鱼

我是浪漫的双鱼
自由地遨游在属于我的水里
玲珑的鱼尾在月色中闪耀
旭日初升时
享受着太阳爱抚过我的身体

我是幸福的双鱼
梦中的王子来寻觅我的踪迹
我们欢笑
我们欢喜
我们徜徉在对方的柔情里

我是幻想的双鱼
灵感迸发在水中、在夜里
不能想象在陆地怎样行走
无法承受鱼尾涅槃后长腿的美丽

现实中
我退缩了
生活中
我很畏惧
收藏自己的故事
装满所有的夙愿
我知道
鱼儿与王子不该只是甜蜜

勇敢地回到大海吧
哪怕变成了泡沫
付出的真心
怎会全都是悲剧

阴晴圆缺
思念
离开
春去秋来
一世
解不开……

梦

又是一年平安夜
你来看我

你不说话
一直温柔地微笑
你的身体两侧充满光亮
那是火焰的光亮

我们站在没有星星的凄凉的月下
我们的身后没有阴影
耳边一直响着情歌

你不说话
我分明听到你所有的心事
在默默中
耳边的情歌一直重复着

又是一年平安夜
你从天堂来看我

午夜梦回
再也没有相同的画面重逢

从此
我的生命有了缺口

从此
所有的
曾经的
薄暮
轰然于心

临走
你终于说话
放心不下，是你

我知道
再相遇
遥遥
再相知
无期

那些想法

锁在心底的想法
散散淡淡
在眸里
愈发清澈

表面波澜不惊
但那些想法
一直在酒中酝酿
酝酿了很多年
就像滴在叶子上等待朝阳的露珠
期盼黎明的来临

当这些想法变成了字
在笔尖跳跃
它们脱离了我的头脑、我的心
漫天飞舞
尽情奔跑

无法阻止

我看见想法变成的字对着我笑

它说：这是享受
这是情愫
这是寂寞时候的思绪

这是独步心中的芳草地
这是一杯不加糖的咖啡
这是一味烈性的毒药
是调味
是恬静
是憧憬
是远离喧嚣

我讶异

我把精灵古怪的它们种在土里
只等风来
那些想法就会与百花
一起盛开
一起舞蹈

唯愿

唯愿
负重的心卸下担子
唯愿
卸下担子的身体像窗外的雪花一样轻盈
唯愿
岁月的锦衣为我在冬夜里取暖

唯愿
有爱一直守候
唯愿
我的生命葳蕤成树
唯愿
花香淡淡，思念蔓延

唯愿
乌篷船里最美的遇见
唯愿
我们还是翩翩少年，一起疯癫

唯愿
梦与月光没有边界
时光诛仙恋

期待相见

假如今生我们不再重聚
我还是我
你还是你
只是把人生最美妙的绚丽深埋在了心底

假如今生我们不再重聚
亲爱的同学
我的老友
你是否还记起
我的青涩
你的稚气
我们的笑脸曾在风中洋溢……

假如今生我们不再重聚
我依旧是我
你依旧是你
在周而复始的忙碌的工作生活中
你是否还会想起
我们彼此的同桌的你

有幸啊
期待着
在期待中我们将重聚
三十年了
怎么你我的鬓角竟有银色恍惚在发际

想说的太多
我们该从哪里谈起
那么
就让我们像儿时一样
疯狂一次
放纵一次
哭一次
笑一次吧
让我们尽情享受
单纯的心灵
互相嬉戏
互相碰撞的神奇

时光机

十二月三十一日

午夜的街角
昏黄的灯光照着清冷的街道
在这个寒冷的夜晚
2017 不留情面地离去

曾是无比眷恋
曾是那么遥远
现在却不得不拥着你再见
我的 2017
再见

小时候，日子很慢
晨曦每次从树梢洒落
总是追着霞光奔跑
跑了很久还在淡黄色的斜晖里

小时候，日子很美
我们憧憬着未来
未来有一条通往仙境的路

路上
是我们流连的溪水
斑驳的青石

透着我们豆蔻年华的慵懒、恣意……

时光的齿轮不断转动
岁月在曾经稚嫩的小脸刻出印记
肆无忌惮的时光啊
你，去哪里

不知不觉
2018 站在面前
来不及错愕
来不及哭泣

只贪恋
梦中的时光机
在覆满青苔的空巷
送我穿过岁月的森林

只希望时光定格
只希望不知有世
只希望春回大地
时光机里
我们恰同学少年
我们风华正茂
我们从小相识
我们珍惜
珍惜终生的友谊

冬日之霾

霾伴着雪
寒风萧瑟
路上
我艰难地扬起头
天边的一抹微光很弱
不知是否会变成暖阳

远方
暖阳
两茫茫
寒风中裹紧身体
蹒跚前行

我在想
春天的气息
那是什么样

我深陷在没有温度的雪里
眼中的世界没有生机
没有力气
沉默着
呼吸的艰难
负重的悲伤
每一个脚步都迷茫

没了柔软
没了雪本来的圣洁与无尽的幻想

战栗着
我们要逐渐变得坚硬
霾
你会不会把我埋藏

樱花谷

寒冷的冬日里望穿东风
花，未动
徜徉仙境
不知如何遣怀
且将姹紫嫣红的思绪
描一抹轻红
描一抹淡紫……
一直等
等暮雨深了
老巷瘦了
苔檐绿了
还等落英纷纷

落花时节
不知
心是否还跳动
那时
午夜相约醉人的花海
再回首
心事被风吹得微凉
莞尔
忘了尘世的喧嚣
醉看樱花谷

婆娑着相忘

我漫无目的地行走
在夜晚
在街巷
在若有若无的雨丝中
在漫天飞雪的山冈上
在不知年龄的月亮下
在被伐倒的树桩旁……
一直寻找
你的脸庞

我疯狂地寻找

沿着街道
走过林立的高楼
走过尘世浮华
走过安详

我控制不住地胡思乱想
思绪像草一样疯长

而你就在我的身旁
像一棵树一样

当北风让冬天与一切凝固
当天塌下来

树，依然向上
当一条河在身边流淌
当洪水暴发
树，岿然不动

是否是你在倾诉衷肠

当我们失去姓名
当我们神醉魂迷
抚扪着新月
相爱而不相防
婆娑着相忘

那海，那潮，那片云

我一直相信
老虎石旁边的旧码头
住着一团火烧云
红彤彤的笑脸
拉长了我们的影子
就在落潮后的海天之间泛着红晕

我一直以为
大海深处有龙宫
潮汐起落
就是龙王用螺号召集海神

我一直深爱
掬一捧咸涩的海水
滋润心中的诗泉
从此，冬日便会漾出温暖
从此，心中徜徉着缱绻雅致

我一直寻觅
在褪去海水的黄沙上缓行
装满爱的行囊
浅浅行走
有人牵手朝花夕拾
我多想不谙世事
就像一个孩子

躺在礁石上
永不知晓樽杯与流年
许我一袭少年的灵韵吧
激扬起久已沉寂的心
把最美的画卷
雕琢出永恒
镶成一帧永不褪色的城堡

彩虹桥下
我们起锚出海吧
浪花不会凋谢
海水褪去的素雅
在无垠的时空辗转

鸥鹭在水面低回着嘤咛
空旷中
百媚绽放

忘了寒冷的摄影师
悄悄地抓拍
不自知间
未来在时光里穿梭
心境被岁月温润
似水
情深

我和春天有个约会

生命轮回
季节转换

引人遐想的春天来了

春天
从黄昏到晨曦
满眼都是绿的柔情
遍地都是花的旖旎

春天
总是被春色迷惑
不觉就醉在花草的清香里

春天
总是还没想明白
就不知不觉地深陷在爱里

感触如潮水般汹涌着
春风微拂
摇曳飘逸

窗外、田野、小溪……
明媚、幽香又激情四溢
春天了

是你烤瓷冠
你的眼睛击穿了我
——令我无力还击

我没有化妆
我简单清爽
我与你风雨相依

飞奔向你
我和春天有个约会

后记：写在后面

文 / 伊娃

此时此刻，百感交集！

如果说要对散文和诗歌说些什么，那么，我会有说不完的话。而这些已经根深蒂固地生长在我的骨子里，对散文与诗歌的钟爱，又怎是寥寥几句话就可以概括的呢？只能说：诗歌，仅仅对视一眼，就被她从内至外焕发出来的美给迷住了。

其实，爱一个人或一件事，譬如诗歌或是散文，我的理解就是在漫长的时光里，陪伴我一起成长，又甘愿与我在人生的岁月里一起走过、一同凋零。

说起来，对诗歌的爱，从很小时候就开始了。那时候还不知道什么是诗歌，只是发自内心的爱诗与写诗。

儿时，常常想象棉花是云朵，在俯身去的地那一刻，便会想起路上遇见过的和经过的那一些人、那一些事儿、那一些埋藏在心底的小秘密……

于是，一扇只能在春天打开的门开启了，一扇笑声盈盈的门也开启了。之后，眼前的天地变得辽阔且淡然，生活变得朴素而简单。

或许，这是我们的生命留给这个世界的一种闪耀着光芒的美丽形式。而那些人们看起来所谓的复杂，抑或是生命里那永远也无法打捞起来的苍凉的梦境。

万事万物，不问西东。只能与志同道合的朋友们一起，挖掘属于生命内涵里的独特气息和蓬勃力量。就让我们三月朝花、四月寻梦吧。

假如说，时间是跟随着我们在黑夜中行走的影子的话，在一出神、一恍惚之间，便已是物转星移了。在岁月的长廊里，在我的心中，只有诗才是最持久的。不是热烈与狂呼，而是伏在耳边的娓娓诉说，以及空灵安谧间的内心禅定。只有在这时候，才懂得了一直追寻的就是要过诗一般幸福美满的日子。

对诗歌的理解，不仅仅源于对它的热爱，也希望借由自己的笔端，让更多的人在快节奏的重压之下抽出一点时间，安静下来倾听发自心底的声音。

有人天生有灵气，有悟力，有敏锐的情感，有会颤动的灵魂。而我对于诗，则是没有来由地热爱与爱慕，还有钟情。

对于我来说，诗是一种能量。至简至真，干净无瑕，至洁至纯，美丽异常。

不知善感是因为诗，还是因为诗才善感。

真希望在喧嚣的尘世中永葆一颗平实的心，永享圣洁的静谧时光。

生活中的我，爱猫、爱疯、爱哭，不需要安慰，也不想别人去理解，是一个典型的矛盾综合体。在内心深处，一心要让笔尖生出颜色和味道，还有一直吸引心灵的永恒的诗的魔力，在不眠的夜里望一轮或白或黄的月，莫名哭泣，尔后泡茶、吃药、写诗、发呆，再哭泣，再喝茶，再吃药，再写诗，再发呆。哈！那是多美妙的生活啊。

在这个让我们无比热爱的世界里，诗歌是可以让我们安静的一种方式，它是一种情绪的表达，在跳跃着，是心灵在呼唤，是清新的，是温婉的。

诗，让我之前的半生不犹豫，之后的半生不后悔。

我与诗歌互相吸引，爱慕已久。

自知，还需要不断地学习，保证自己的创作源泉不会枯竭。可以让诗意凝练着穿过尘埃，在千帆过尽的沧桑里，迎着风，用永远崭新的温柔只为萃取出一个别样醉人的明媚春天！

感恩你们，我的亲人与朋友。

多年来，承蒙老师和朋友们的鼓励与厚爱，促成了此次《伊娃之约》的出版，这是你们鼎力支持与我微小勇气完满结合的幸福之果。

我没有也不会教条式的说辞，我其实很简单，用自己的方式，让你们听我听到的故事，吹我吹过的风，看我看到的风景。生命很短暂，愿我们一起学会把脚步放缓，期待在下一个《伊娃之约》相见。

感谢你们的一路陪伴、支持和鼓励。爱你，爱你们。